藏書

三十六計

珍藏版

柒

于立文 主编
李金龙 编

辽海出版社

杀人装痴

三国时，曹芳即位，为魏明帝。当时，司马懿和曹爽同执朝政。

司马懿是三朝元老，为曹家天下立下了功勋，羽翼众多，在朝廷举足轻重；曹爽是先帝直系，皇亲国戚，自幼出入宫廷，很得明帝宠幸。他蓄养了五百多门客，何晏、邓扬、李胜、丁谧、毕范、桓范等六人为智囊团，参与机密大事的策划。

一天，何晏对曹爽说："主公现如今手握军政大权，正是施展抱负的时候，可惜只是多了一重牵肘，无法专意推行，现在如不及时巩固势力的话，今后万一发生困难，恐怕就为时晚矣。"

曹爽听后，嘿嘿一笑，道："先生之言我已明理，可司马公和我同受先帝之托，万万不可使司马公难过的。"

何晏上前一步说："难道主公不想想令先翁（曹真）当年是给这老头气死的吗？"

曹爽听后，猛然省悟，心想司马懿既容不得老子，哪还会把我放在眼里？随即进宫朝见魏明帝，先把司马懿称赞一番，最后奏请明帝将司马懿调做太傅。

当时朝廷编制，太傅位于三公之列，是掌管文官的。而太尉是掌管兵权的。曹爽此计，是把司马懿明升暗降，剥夺了他的兵权。

魏明帝准奏之后，兵权尽归于曹爽。曹爽大喜，立即走马换将，任命自己的弟弟曹义为中将军，曹训为武卫将军，曹彦为骑将军。各管三千御林军，随便出入宫廷。又任命自己的门客何晏、邓扬、丁谧为尚书，毕范为司隶尉，李胜为何南尹。至此，军政大权尽在曹爽掌握之下。

猛张飞智取瓦口隘

司马懿见此情况，推病不出，两个儿子司

马师、司马昭亦在家闲闷。

曹爽大权在握后，骄横专权，气焰不可一世，渐渐连明帝都不放在眼里了。

是年秋天，李胜升调为青州刺史，曹爽叫他去司马懿处辞行，实为探听消息。

司马懿接到通报，知道是曹爽的人来访，就对两个儿子说：“这是曹爽对我不放心，派人来打探我的动静，你们都回避好了。”

随后将头冠摘去，披头散发，拥被坐在床上，叫侍女搀扶着，请李胜入见。

李胜进来拜见后，大吃一惊：“一向不见太傅，只知偶患小疾，谁知病到这般。今下官调做青州刺史，特来向太傅辞行。

司马懿佯答：“并州是在南方吧，挺远的。”

李胜说：“我是去青州，不是并州！”

司马懿笑了，说：“噢，你是从并州来的？”

李胜大声说：“是山东的青州。”

司马懿听了，说：“是从青州来的？”

李胜心想，怎么病得这么厉害？侍女告诉他，“太傅已病得耳朵都聋了。”

李胜说：“拿笔来。”随后写了给司马懿看。

司马懿仔细看了李胜递过来的纸片，笑着说：

“啊，是去青州，你看我病的耳朵都聋了，听不见了。”

随后，大咳，又把手指指口，侍女将他扶起，端汤碗给他喝，司马懿嘴直哆嗦，将汤泻了满床。哽咽了一会儿，司马懿示意李胜近前来，说：“我老了，病又这么重，恐怕也活不了几天了，我的两个儿子不成器，还请先生多多训导照应，如先生见了曹大将军，千万请他多多照顾我这两个儿子。”说罢，又摔倒在床上，喘息起来。

李胜拜辞回去，来曹府将情况报与曹爽，曹爽高兴万分，说：“此人若死，我就放心了！”从此后，对司马懿再也不加防范。

司马懿等李胜走后，从床上跳下，对两个儿子说：“曹爽中了我的假痴不癫之计，至此曹爽对我再无戒心了，你们要加紧习武，等待机会，我们再东山再起。”

傻子对策

公元550年，高欢次子高洋废掉东魏孝静帝，建国北齐，自立为齐文宣帝。西魏大丞相宇文泰闻讯，借征高洋篡位名义兴师东进，高洋亲自督军迎敌。两军相近，宇文泰见高洋军容严整，不禁叹息道："高欢竟生了这么一个英雄的儿子，也算虽死犹存了！"退军西还了。

其实高洋不仅让宇文泰吃惊，更让东魏的人士刮目相看，因为多年来，高洋在人面前，从来说不出一句有份量、有见地的话，有时竟鼻涕拖着都不擦。然而在其兄高澄遇刺之后，谁也料不到这愚憨的高洋竟异军突起，迅速收拾和控制了局面。

当然，高洋多年的呆公子假相是一种韬晦手段，主要是做给长兄高澄看的。高欢死后，高澄接替父任，独揽东魏大权，是实际的帝王。高洋深知乃兄为人之毒辣，恐遭其忌，所以诸事都故意装傻。高洋之妻李氏貌美，胜过高澄之妻，高澄对此艳羡而且不平。有时高洋为妻子买些好的衣服首饰，高澄就让拿出来给他。李氏生气不愿去拿，高洋就笑着说："这东西也不怎么难买，哥哥既然想要，我们何必那么小气呢！"高澄见李氏生气，也不好意思拿了就走，而高洋也就收拾收拾装起来了，毫不知再加谦让。高洋的做法显不出怕也看不出敬，倒像真的不晓好歹。高澄于是觉得这二弟发痴，常跟亲属说："像二弟这样的人也享受富贵，不知相书该做何解释？"从此一点也不忌高洋。有时见了弟媳妇李氏，便放肆调笑，高洋也装作麻木，从来不说什么。

公元549年（东魏武定七年），高澄在邺城被手下人刺死。高洋闻讯，立即调集兵将，赶到出事地点，把高澄尸体用衣盖好，抬入车内，从容地向人说："恶奴作乱，大将军被他们刺伤了，没有太大危险，很快就能治好。"然后驱车把高澄送回府第，装棺入殓，秘不发丧。接着，高洋迅速返回高欢的老根据地晋阳。晋阳那些高欢的旧臣宿将，素来不把傻呆呆的二公子放在眼里。不意此次高洋回来，召集文武官员，谈论风生，双目逼人，与从前判若再生，顿令四座皆惊，再也不敢小瞧了。

高洋稳定住了晋阳之后，便回京接任高澄之位。接任之后，高洋亲自审查施政情况，见有不合适的地方，便酌情加以改革，干脆果断，毫不拖泥带水。众人这才知道，高洋许多年来是藏龙卧虎，今日才得以施展才能。

时间过了一年，高洋见内外悦服，他的统治地位稳定了，才向外宣布高澄的死，为乃兄发丧。不久，他毅然废掉了东魏皇帝，建立北齐。

元恭装哑

公元531年，骚动不止的北魏朝廷由尔朱世隆又拥立了一个新皇帝——节闵帝元恭。

朝臣以及京城洛阳的士民对此都十分惊讶：广陵王元恭不是一个什么事也不懂的哑吧吗？

确实，多年来人们所知道的元恭是一个哑巴，住在龙华寺内，跟什么人也不来往。作为北魏一代英主孝文帝元宏的侄儿，王室嫡支的这位亲王，对寺外天下的纷纷攘攘，朝中的争权夺势，似乎是麻木无知。其实这些都是假相，是元恭装出来的。

元恭装哑是在八年前。那时朝中元乂擅权，排斥异己，皇族宗亲多被残害。元恭无力相抗，唯有逃避一途。于是，有一天他忽然得了哑病，一句话也说不出来，而且人也变得痴呆愚笨了。后来大将尔朱荣迎立元子攸为孝庄帝，子攸听京都有谣言传说龙华寺中有天子气，派人前去监视元恭，也没发现他装哑的破绽。就这样，元恭得以在纷乱嚣攘的争夺杀戮缝隙中，安全地存活下来。

等到禅位诏书送到元恭的面前，他仍推辞不受。后来看推不掉，才跟随官车驾入宫。新皇登基，一般都是对前朝人物翻案重评的时候，权臣尔朱荣，曾被前孝庄帝设计诛杀，引起了尔朱氏作乱。现在的节闵帝元恭是尔朱荣堂弟尔朱世隆所立，尔朱世隆当然想为尔朱荣翻案。但元恭看了由人起草的赦文，不赞成尔对朱荣之死一事的评说，竟然勃然发怒说："永安帝（孝庄帝年号）亲手翦除凌主强臣，不算什么大过错。不过是天意不让魏室之乱平息，他才遭到弑杀罢了！"想元恭八年缄口，一出言竟如此铮铮朗朗，群臣又惊又喜暗自庆幸有了明主，尔朱世隆也不敢强加挟控，只是请追赠尔朱荣，元恭答应了。

可惜元恭在位不足一年，就被高欢废掉了。高欢击败尔朱兆大军，入居洛阳之前，曾派人前去察看。使者回报说，魏主元恭姿容气度均非凡庸，恐将来难以控制，于是高欢便不愿意让元恭居帝位了——可见，元恭这种八年装哑的功夫，也只是能保住性命。

海瑞惩恶

明朝嘉靖年间，奸相严嵩当权，在全国各地广植党羽。浙江总督胡宗宪便是其中的一个。胡宗宪的儿子胡衙内仗着父亲的权势，为非作歹，欺压百姓，人们敢怒而不敢言。

这一年的秋天，胡衙内带着几个随从离开杭州，溯富春江而上浙西，一路上游山玩水，作威作福。所经府县的官吏惧怕胡宗宪的权势，无不殷勤招待，宴请送礼，把胡衙内捧得飘飘然。

然而，胡衙内来到淳安县时，却是另一番景象：到城门边仍无一人来接，住到馆驿后知县也不来看望一下。胡衙内不由得勃然大怒，喝令将驿吏捆绑起来，拿起马鞭边打边骂："小爷我从杭州出来，一路上哪个不巴结？知府大人还为我牵马呢！只有你们这个淳安县小小的知县不肯出来迎接小爷。待我回去告诉我老子，定叫你们一个个脑袋搬家！"

馆驿的人赶紧将此事报告给知县。这个知县便是有名的清官海瑞。海瑞闻报，肺都气炸了，想立即派人去抓胡衙内，但转念一想：他老子毕竟是自己的顶头上司，公开作对，未免要吃亏。他思索了一会儿，想出一条假痴不癫的妙计。

于是，海瑞带着捕班人马直奔馆驿。进门后，海瑞用手一指正在打人的胡衙内，喝道："把这个恶棍抓起来！"胡衙内满不在乎地说："我是堂堂浙江省胡总督的儿子，我看你们谁敢抓我？"

海瑞冷笑道："你是何方恶棍，胆敢冒充胡总督的儿子？胡总督是国家一品大臣，处处体察民情，爱护百姓，他的公子定是文质彬彬之人，怎么会是你这样的花花太岁？来人，将这个冒牌货捆起来，先掌嘴五十！”捕班不由分说把胡衙内捆起来，几个嘴巴下去，胡衙内便满嘴流血，两腮红肿。

“再搜他的行李，看有无违法物品！”海瑞大声吩咐。捕班从胡衙内的行李中搜出许多银子和贵重礼品。海瑞沉着脸问道：“这些赃物是从哪里来的？”胡衙内回答：“都是沿途官吏送的。”

占对山黄忠逸待劳

海瑞冷笑道：“这么说，你肯定是个冒牌货了。若是胡公子出游，他每到一处必定访古问幽，决不会像这样索要银子宝物，败坏胡总督的名声！”

这么一来，胡衙内再也不敢吱声了，吓得浑身直打哆嗦。几天后，海瑞差人将胡衙内解押到总督府，并交给胡宗宪一封信。胡宗宪拆开信，只见海瑞写道：

“属县近来查获一名冒充总督公子的诈骗犯。该犯以胡公子之名，到处招摇撞骗，敲诈勒索，骗得数千两银子和甚多珍宝。属县深知老大人教子甚严，府上公子每日攻读，怎能有闲出游？如若出游，必然瞻仰名胜古迹，以广见识，怎会专门搜罗金银财宝？属县故此一眼将其识破，所骗赃物，一律充公。特将该犯押往府上，请老大人严惩！”

胡宗宪看完信，又看看被打得鼻青脸肿的儿子，气得一句话都说不出来。毕竟自己的儿子做了错事，把柄抓在海瑞手里，胡宗宪只得打掉牙往肚里咽，埋怨儿子一番，此事便也不了了之。

在等级森严的封建社会，与掌权的上司作对无异于将自己往虎口送。海瑞在这里利用“假痴不癫”之计，既避免了与上司直接对立，又为民出了一口恶气。他抓住胡衙内的恶行，假装不信其身分，又指出身为官吏之子的本分应是什么样子，最后装糊涂装到底，直接将胡衙内送到他老子那里，用一封信堵住了胡宗宪的口，不愧是清官、智官。

借酒掏心

1936年，蒋介石派亲信晏道纲到“东北军”任参谋长，实际上是监督东北军的举动。

晏以蒋的化身自居，趾高气扬。东北军将领极不满，但不敢言。

一次宴会上，正当大家举杯畅饮之际，东北军某军军长王明哲连吐两口酒，把酒杯往身后一掷，前仰后合，身子晃荡不止，他扶着桌子，一副醉态，推开扶他的人，醉醺醺地发表起演说来：

“不要拉我，让我讲几句……我们的老家在东北，被日本鬼子占了！我们以为委员长能领导我们打回老家去，我们从东北到华北、华中，这次又到西北，辗转数万里，无非是想实现打回老家的愿望！

“谁想，到陕西打仗，损失得不到补充，牺牲的官兵和家属得不到抚恤，阵亡的遗族，流落西安，一点救济办法都没有。张副司令的处境更使人伤心，还赶不上胡宗南师长……真令人伤悲啊……”

说着嚎啕大哭，满面泪流。在座的东北军将领无不悲痛，而晏道纲坐在席位上极其尴尬不知所措。

在回家路上，王明哲问随从：

"你看我这出戏，演得怎样？"

随从才恍然大悟，明白了他的用心。原来他根本没醉，而是借酒说出别人不敢说的话，成功地运用了"假痴不癫法"。

公关活动中运用"假痴不癫法"要注意的是，戏要做得像，露了马脚就会弄巧成拙。

屈辱与奋发的较量

在封建社会，人们往往把代表最高权力的皇帝和国王比作太阳，但在中世纪的欧洲，人们却说皇帝、国王只不过是月亮，在他们之上还有一个更高的权威，那就是教皇，只有教皇才配称为太阳。

教皇是基督教会的首脑。教会本来只是管理宗教事务的团体，但在中世纪的欧洲，由于各个王国内封建主割据林立，连年混战，造成王权衰弱，局势混乱，这时只有罗马教皇可以统一指挥各国、各地区的教会，加上各民族又都信仰基督教，因此教会在群众中影响很大，这就使得罗马教廷成了凌驾于各国之上的政治实体，教皇成了各国国王的共同的太上皇；国王登位、加冕要由教皇来主持；和国王同行时，教皇骑马，国王只能步行；接见的时候，教皇坐着，国王要屈膝敬礼。国王的权力来自教皇，神权高于王权。不仅如此，教会还在各个国家拥有三分之一的土地，并且向各国居民收取“什一税”（即每人收入的十分之一交教会）。文学、艺术、哲学、法律等都必须为教会和神学服务。一个人从出生、成年、结婚一直到老死，处处都要受教会的管理和控制，教会拥有自己的监狱和刑法，还用“开除出教”的办法来对付一切反抗者。一个人如果被开除了教籍，他的一切社会地位和社会关系也就失掉了。这是一种最令人害怕的惩罚，连国王、皇帝也不例外。

1076 年，德意志神圣罗马帝国皇帝亨利与教皇格里高利争权夺利，斗争日益激烈，发展到了势不两立的地步：亨利想摆脱罗马教廷的控制，获得更多的独立性；教皇则想加强控制，把亨利所有的自主权都剥夺殆尽。在矛盾激化的关头，亨利首先发难，召集德国境内各教区的主教们开了一个宗教会议，宣布废除格里高利的教皇职位；而格里高利则针锋相对，在罗马的拉特兰诺宫召开了一个全基督教会的会议宣布驱逐亨利出教，不仅要德国人反对亨利，也在其它国家掀起了反亨利的浪潮。教皇的号召力非常之大，一时间德国内外反亨利力量声势震天，特别是德国境内的大大小小的封建主都兴兵造反，向亨利的王位发起了挑战。

亨利面对危局，被迫妥协，于1077年1月身穿破衣，只带着两个随从，骑着毛驴，冒着严寒，翻山越岭，千里迢迢前往罗马，向教皇请罪忏悔。但格里高利故意不予理睬，在亨利到达之前躲到了远离罗马的卡诺莎行宫。亨利没有办法，只好又前往卡诺莎去拜见教皇。到了卡诺莎后，教皇紧闭城堡大门，不让亨利进入。为了保住皇帝宝座，亨利忍辱跪在城堡门前求饶。当时大雪纷纷，天寒地冻，身为帝王之尊的亨利屈膝脱帽，一直在雪地上跪了三天三夜，教皇才开门相迎，饶恕了他，这就是历史上著名的“卡诺莎之行”。亨利恢复了教籍，保住帝位返回德国后，集中精力整治内部，然后派兵把一个个封建主各个击破，并剥夺了他们的爵位和封邑，曾一度危及他王位的内部反抗势力遂逐一告灭。在阵脚稳固之后，他立即发兵进攻罗马，以报跪求之辱。在亨利的强兵面前，格里高利弃城逃跑，最后客死他乡。

显然，亨利的“卡诺莎之行”是别有用心的。在他与教皇对峙，国内外反对声一片，特别是内部群雄并起，王位岌岌可危的情况下，他想利用假痴不癫取得和解，赢得喘息时间，以便重整旗鼓，东山再起，再和教皇较量。结果，他成功了。

光复阿尔巴尼亚

14世纪末，欧亚地区的强国土耳其入侵欧洲小国阿尔巴尼亚。阿尔巴尼亚第勃拉地区的领主沃·卡斯特里奥蒂被迫臣服于土耳其人。为了证明自己对土耳其苏丹的忠诚，他在1423年将自己4个儿子中的3个送往土耳其的首都埃地尔内作为人质。

沃·卡斯特里奥蒂送去作人质的3个儿子中有一个名叫乔治。乔治精力充沛、机智过人，他很快引起了土耳其苏丹的注意和器重，被送进宫廷学校学习。苏丹为他起了斯德的名字，并让他加入穆斯林教。斯坎德以优异的成绩从土耳其军事学校毕业，并作为一个军人参加了土耳其军队对外国的出征。在战斗中他表现出众，赢得了苏丹的信任，并被封为贵族称号：培。1438年，土耳其苏丹穆拉德二世封他为被征服的阿尔巴尼亚著名要塞克鲁雅的领主——苏巴什。

但是，斯坎德培内心深处却恨透了土耳其苏丹。他长期栖身敌巢，为的就是韬光养晦，骗取信任，等待时机，有朝一日突然反戈，光复祖国。

斯坎德培深知，想要再造国家，必须做长期、谨慎的准备，抓住最好的时机一举成功，而绝不能轻举妄动。否则的话，将功亏一篑，全盘皆输。为此，他忍辱负重，卧薪尝胆。斯坎德培做好长期艰苦积累的准备。他与当地的原阿尔巴尼亚公国的大公们进行广泛的联系，同时秘密地和不满土耳其人的邻国威尼斯共和国和腊古扎共和国取得联系。1440 年，斯坎德培被调往第勃拉地区任最高长官。这期间，他继续秘密地进行准备，并同邻近的那不勒斯和匈牙利接触，建立暗中关系。

据汉水赵云寡胜众

在斯坎德培任第勃拉长官期间，被征服的阿尔巴尼亚人民对压迫、掠夺他们的土耳其人愈来愈仇恨，他们积极准备武装起义。农民们多次恳求，他继续装做全心全意效忠于土耳其苏丹。斯坎德培知道，时机还没有到来，如果仓促起事，那么20年之功，就会毁于一旦。他仍然不动声色地忍受、等待，甘愿承受着本国人民的误解。

1443年秋天，这一期待已久的时机终于来到了。这年的前一年，匈牙利人在领导人胡尼亚迪的率领下对土耳其人进行反攻，取得重大战果。胡尼亚迪计划在下一年展开更大规模的进攻，把土耳其人彻底赶出匈牙利国土。为此，他联络了巴尔干半岛上的各个国家，同它们结成联盟。胡尼亚迪派人与斯坎德培联系共抗土耳其。光复阿尔巴尼亚的国际有利形势已经形成。这同时，反对土耳其的罗马教皇也不断向阿尔巴尼亚的封建主们施加压力，要他们一俟匈牙利军队向南推进就立即拿起武器。在教皇的压力下，封建主们也加紧了准备。阿尔巴尼亚反对土耳其的国内形势也进一步具备了。

这时，土耳其苏丹对匈牙利军队的进攻十分恐惧，他把自己的军事力量大部集结在多瑙河边以阻挡匈军。驻守阿尔巴尼亚只有很少士兵。

1443年11月3日，匈牙利军队跨过多瑙河，直逼尼什城，土耳其部队士气动摇，土军总司令巴夏下令土军后撤。千载难逢的机会到了。斯坎德培在土军撤退的一片混乱中，率领300名阿尔巴尼亚人组成的骑兵队伍从前线回调，直逼第勃拉，发动起义。

第勃拉的阿尔巴尼亚人热烈响应斯坎德培。斯坎德培决定乘土军暂时昏头转向之际，在土军明白过来、调集援军之前，出其意料地把国内所有要塞都拿到手。他把第一个目标选在克鲁雅。克鲁雅是一个战略要地，它地势险要，很难用军事行动攻破。斯坎德培率军抵达克鲁雅城下，他知道城中土军还未来得及得知自己起义的消息，于是决定利用自己是土耳其苏丹宠将的身分，诈开城门，引军入城。他派人进城，送上一道假命令，城内守军急忙大开城门，放斯坎德培部入城。斯坎德培在当天深夜里将隐藏在森林中的大批部队偷偷放入城中，突然袭击城中土军。土军惊慌之下，束手被歼。这样，斯坎德培轻而易举地攻克了克鲁雅要塞，消灭了城内所有守军。

斯坎德培继续进攻，各地阿尔巴尼亚人民群起响应，反对土耳其人征服的武装总起义开始了。由于斯坎德培运用假痴不癫之计长期隐蔽的准备和选择了良好的时机，起义十分顺利。土耳其人万没料到斯坎德培的举动，一时措手不及，连遭重创。1443年11月8日，斯坎德培在克鲁雅宣布恢复自由的阿尔巴尼亚公国。他在克鲁雅白色的城堡上升起了阿尔巴尼亚的国旗——红底上一只黑色双头鹰。

奥斯特里茨战役

1805年，拿破仑与第三次反法同盟作战。奥俄联军大败，拿破仑乘胜追击奥俄军至奥斯特里茨。年轻的沙皇亚历山大调来了精锐警卫军和增援部队，自认为实力超过拿破仑，是取胜的绝好机会。

当时在联军内部，关于下一步的作战行动问题，出现了两种截然不同的意见。60岁的俄军名将、联军总司令库图佐夫主张暂时避战，如法军来攻，应继续撤退，摆脱仍处于全军覆灭的危险境地。而年轻气盛的联军参谋长魏洛特则认为拿破仑惯于声东击西，虚张声势，实际上法军早已疲惫不堪，战斗力大大削弱，且联军数量上已远远超出法军，主张立即转入对法军的进攻。

此时的拿破仑正在密切注视着亚历山大的动向，决定以假象迷惑敌人，寻找时机，消灭强大的敌人。

11月3日，拿破仑给外交大臣塔列兰写信，承认法军目前处境十分困难，正面敌人兵力占绝对优势，两翼敌人咄咄逼人，两支普鲁士大军也跃跃欲试。

11 月 25 日，拿破仑派其侍卫长萨里瓦将军打着休战旗，同时，拿破仑命令法军部队从某些前沿阵地开始后撤，做出被迫退兵的样子，并故意散布法军兵力不足，需要收缩战线的流言。前往联军司令部，向年轻的沙皇亚历山大递交一封国书，建议休战，要求与俄军讲和，请亚历山大派全权代表进行谈判。

亚历山大看到拿破仑要求讲和，果断地认为拿破仑已经害怕，现在正是歼灭拿破仑的最好时机，库图佐夫虽然竭力反对，亚历山大不予理睬。

亚历山大派自己的侍卫长道戈柯夫公爵进行回访。进行象征性的谈判，同时也嘱咐这位心腹，注意观察拿破仑的动静。

拿破仑在会见道戈柯夫公爵时，抓住时机，制造假象，进一步欺骗对手。

拿破仑首先表现出自己十分疲劳，一副精疲力竭的样子，同时，他又故意摆出大国皇帝的样子，以示不能丢失尊严。他巧妙地回绝了沙皇使者的要求，坚持不能放弃意大利和其他一些占领地的立场，在一些枝节问题上表现一定的让步妥协。

会谈之后，沙皇使者认为拿破仑外强中干，外表虽然故作威严，但实际上已心中有虚。道戈柯夫公爵兴奋地向亚历山大报告了他关于拿破仑信心不足和胆怯的印象。年轻的沙皇高兴地踱来踱去，并向侍卫长敬酒致谢。

数日后，俄、奥皇帝经过会晤，决定立即向“正在退却的、削弱了的拿破仑军队进攻”，从而中了拿破仑的计谋。

12 月 2 日，在奥斯特里茨村以西，维也纳以北 120 公里的普拉岑高地周围，展开了大会战。这是拿破仑战争史上最著名的一次会战。

拂晓之前，俄奥联军开始进攻，大有不可一世之势。

胸有成竹的拿破仑在望远镜里密切地注视着敌军的行动。大约上午 7 时半，当他发现普拉岑高地俄军防御力量十分薄弱时，他立即命令两个加强师占领了高地，从而把敌军切成两段，俄军受到侧面攻击，秩序大乱，向西方溃逃。当时俄国沙皇和总司令库图佐夫以及他的司令部都跟在这支纵队之后，因而失去了对联军的控制，首尾不能相顾。

拿破仑完全控制住普拉岑高地之后，随即命令近卫军和骑兵师及两个步兵师向敌人展开全面的猛烈的进攻。将北段 4 万多敌军团团包围并压缩到狄尔尼兹半结冰的湖泊上，湖泊上的冰块被法军炮火击碎，致使敌军整团整团的淹死、被击毙和生俘。

俄奥联军在几小时内被全歼，俄国亚历山大和奥地利弗兰西斯两个皇帝狼狈逃跑，总司令库图佐夫受伤，险些被俘。奥斯特里茨战役中俄奥联军8.2万人，死伤1.5万人，被俘2万人，损失大炮133门，余众四处逃命。

夜幕降临了，一切都结束了。拿破仑在一群元帅、近卫军将军的陪同下，在从四面八方跑来的士兵的欢呼声中，踏着人和马的尸体视察了战场。

奥斯特里茨战役结束的第二天，奥地利皇帝要求休战，拿破仑当即同意，条件是要求所在俄军撤出奥地利。

12月26日，法奥在普莱斯堡签订和约，奥地利把威尼斯割让给法国，拿破仑将其并入意大利王国。

法奥的普莱斯堡和约结束了第三次反法联盟，并导致德意志神圣罗马帝国的终止。

奥斯特里茨战役使拿破仑赢得了欧洲第一名将的荣誉。在这次战役中，拿破仑突出的表现了指导战争和指挥作战的非凡才能。作为政治家，他成功地利用"假痴不癫"的手段，诱骗敌人，影响着形势的发展，为自己赢得胜利创造了条件。作为军事统帅，他巧妙地运用了作战指挥艺术，在战略上以少胜多、在战术上以多胜少，为彻底打败敌军奠定了基础。

忍辱破敌兵

在印度一王国，沙摩陀罗笈多国王去世后，大王子罗摩揭多继承了王位。罗摩揭多是个胆小怕事、只会享乐的无能之辈。他当政后，整日不理朝政，却沉醉于玩弄太监、侏儒等怪形儿。而他的弟弟旃陀罗笈多却不像他那样，既聪明，又勇敢。一次，国王和王后去中印山区游览，塞种人瞅准机会，把罗摩揭多等人围困在狭谷之中，并给他送来了协议书，要他接受。协议书中要罗摩揭多献出王后和贵族妇女。国王和大臣希克尔斯米商量，接受了这一屈辱的协议。正在这时，小王子旃陀罗笈多赶到了那里。面对国王已签好的协议，旃陀罗笈多又恼又恨，因为这太失国体了。怎么挽回已经形成的局势呢？旃陀罗笈多苦苦思索，终于想出了一条良计。

他在协议书后附了一条，就是要让他们的贵族青年护送王后和贵族妇女同去，塞种王轻易地便答应了这一要求。旃陀罗笈多假扮成妇女的模样，随同王后一行同往。到了赛种王王宫，王后与男扮女装的旃陀罗笈多争说自己是王后，塞种王见一对如此美丽的天仙，就说："不用担心，我把你们都立为王后。"这时，旃陀罗笈多摘下首饰，露出本相喝道："我是旃陀罗笈多，你的死期到了。"塞种王大吃一惊，旃陀罗笈多乘其惊慌未定，一剑结果了他的性命。这时，其他贵族青年也与塞种兵展开了一场短兵相接的战斗，他们个个都是旃陀罗笈多亲自挑选的精悍青年，所以很快便将塞种人杀得溃不成军，最后终于取得了大胜，洗刷了耻辱。

在敌为刀俎，我为鱼肉的情况下，切不可硬拼。旃陀罗笈多的机智就在于他不仅能假痴不癫，而且又将计就计，战胜对手。

巧借宿

从前，有一个云游天下的僧人，很有智慧。一次，他来到一个地方，听说前方有一户人家，从来不许人借宿，他便决定一定要去借宿一夜。

天黑下来以后，这个游僧就走进了这户人家。这时，他突然变成了一个"聋子"。在互相致意之后，主人急忙给他烧了茶，招待他吃了饭，然后打着手势对他说：

"喇嘛，吃了饭早点动身吧，我们家是不能过夜的。"

游僧佯装不懂，只是瞪大眼睛看。主人用手指指门，再次请他出去。“好，好。”游僧好像懂了一样，一边说着，一边大步走到门外，把包裹拖了进来，放在西北角的柜子前。主人又作了一个背上包裹快走的手势，游僧立即跳了起来，举起包裹放在柜子上面，嘴上说：“这倒也是，里面可全是经书啊！”主人又反复比划，要他走，他却点点头，说：“没有小孩好，不会乱拿东西。嗯，我把两根木棍插在围包壁的粗绳上了。”人家说东，他就说西，弄得主人哭笑不得，最后没法，只得留他过了一夜。

智慧的游僧面对主人要他走的多次表示，采取了“装聋作哑”的对付办法，终于借宿了一夜。在一些军事、政治、外交等多方面的斗智中，也不乏其例，如果据理力争不能成功的话，装聋作哑的方法却往往能达到目的。即使在日常生活中，装聋作哑也常常是对付难题的好办法。

自贬是成功的起点

新任美国新泽西州州长的威尔逊，出席纽约的一个午餐会，主持人在介绍他时，称他为“未来的美国总统”。这种对他的刻意恭敬，使他鹤立鸡群，无形中将他与其他在座人的距离拉开很远。

威尔逊为了扭转这种一人得意众人愕然的僵局，起身致词，几句开场白后，接着说："我自己感到我在某方面——我希望只在这一方面——很象一个故事里的人物。我有一个朋友在加拿大饮了一种名叫'松鼠'的威士忌，他喝得太多，结果去乘车之时，原该坐往北的火车，却乘了往南的火车。当大家发现这一情况，急忙给往南开的列车长打电报，请他把名叫约翰逊的人叫下来，送上往北的火车，因为他喝醉了。很快，他们接到列车长的回电：'请详示约翰逊的特征，车上有好几名醉汉，既不知道自己的名字，也不知道该到哪里去'。"威尔逊最后说："自然，我知道自己的名字，可是我却不能象主持人一样，知道我的目的地是哪里。"

听众大笑。威尔逊幽默的谦逊，拉近了他和其他人的距离，反而使他更享盛誉。威尔逊这里不仅是博人一笑，而是用了最有效的办法，打趣自己，以获取众人的好感，并消除了其他人的敌对不服的恶意。这就是：贬低自我，而抬高别人。

拒婚

胡宗南是黄埔军校高材生，蒋介石的心腹，国民党著名高级将领，“复兴社”的领导骨干——“十三太保”之一。他也是黄埔系第一个晋升陆军上将军衔和战区司令长官的人。

1942 年初，胡宗南被提升为第八战区副司令长官，驻西安。第八战区司令官是朱绍良，挂虚衔，驻在兰州。李延年的第三十四集团军，陶峙岳的第三十七集团军，范汉杰的第三十八集团军，李铁军的第二十九集团军，号称 34 万余众，均归胡宗南指挥。

胡宗南当时正大红大紫。

孔祥熙当时任财政部长，也是权势正大的人物。孔祥熙想把他的二女儿嫁给胡宗南，想结上这门政治婚姻，靠胡的军事实力支持自己在中央的地位，于是便托陈立夫出面说媒。孔二小姐本不愿意，陈立夫靠三寸不烂之舌，说胡宗南如何如何英威，如何如何受蒋介石重用，说得孔二小姐动了芳心。

胡宗南也愿意同孔家结亲，因为孔家财大势大，与蒋又有亲戚关系，结上这门亲事，便于自己日后升迁。但胡宗南打听到孔二小姐生活浪漫，品行不端，脾气又坏，怕影响自己名声，就决定拒绝这门亲事。

胡宗南尚未考虑好，好友戴笠又找上门来，好心劝说，要胡宗南答应这门亲事。

孔祥熙、陈立夫、戴笠这些人一个也不能得罪，怎么办呢？胡宗南决定先答应下来，再想办法。

胡宗南答应了这门亲事，孔祥熙、陈立夫、戴笠都非常高兴。

几天之后，胡宗南终于想出一个坏主意。

既然双方目前都没有异议，有必要双方见一面，胡宗南就约孔二小姐去野外游玩。孔二小姐爱出风头，又喜郊游，满口答应。

胡宗南穿了一身又破又脏的旧军装，胡子也不刮，活像一个土里土气的老兵，一点也没有将军的风度。看一眼，孔二小姐就大失所望，心想，这与陈立夫的介绍相去很远。而且，胡宗南又开了一辆破吉普车，坐惯了豪华轿车的孔二小姐，坐在吉普车上，一路上路又很坏，颠簸得很厉害，孔二小姐的骨头都要散架了。

胡宗南一边开车，一边与孔二小姐交谈，故意有巴结讨好的意思，话却说得傻头傻脑。

讨好孔二小姐的人太多了，多得数不过来，孔二小姐听厌了这些话，他喜欢冷傲的将军，不喜欢没有骨气的书生。

一路听过去，孔二小姐心中已有厌烦的情绪，只是不好意思发作，只好耐心地听下去。

谁知胡宗南一点也不知趣，一点也不察看孔二小姐的脸色，反而变本加厉，滔滔不绝，大讲特讲，时而唾沫星子飞溅到孔二小姐脸上。

曹阿瞒退兵斜谷

孔二小姐现在不仅要紧皱眉头，还要用手帕抵挡时而飞来的唾沫星子，真是苦不堪言。

更可恼的是车子开到半途，突然熄火了。胡宗南连忙下车，修了一阵子，两袖油污，很泄气地说：“不行了，这老爷车修不好了！”

“那怎么办？”孔二小姐着急地问。

“没办法！这鬼地方，谁来这儿。”

“我等着，你去找车！”

“那怎么行，这地方土匪经常出没，我可要为你的安全担心。”

一听有土匪，孔二小姐更害怕了，若被土匪抓去，花容月貌可要被摧残，若知是孔祥熙的女儿，说不定还要大敲一笔竹杠。

“那也得想办法吧？”

“只有一个办法。”

“什么办法。”

“走回去。”

“走回去？”孔二小姐大吃一惊。长这么大，很少走这山路。

“对，走回去，别无办法。”

既然别无办法，孔二小姐只得与胡宗南一同走回去。出门时，孔二小姐特别修饰打扮一番，穿了高跟鞋，化了妆，这一来可倒霉了，几十里山路，孔二小姐的脚被高跟鞋磨起了泡，疼得她龇牙咧嘴，苦不堪言。

胡宗南故作不知，马不停蹄地走，还滔滔不绝地介绍山水民情。

孔二小姐的脚疼得万箭穿心，哪里听得进胡宗南的高谈阔论，一步三挪，汗流满面，将脸上的粉冲得一道一道的，象鬼脸似的，这使孔二小姐恼火。

更可恼的是，胡宗南时不时搀扶一下，一双油手，弄脏了孔二小姐特意从巴黎买的最心爱的价值几千元的衣服。

真是可恼，可恨，都怪陈立夫。

这一次游玩，令孔二小姐吃尽苦头，娇滴滴的小姐那吃得了这苦，回家就睡了两天，起来后先同陈立夫算帐，又同父亲大闹一场，这场婚姻自然告吹。

胡宗南还故意表现得十分热心，主动找陈立夫催问，陈立夫十分难为情，连孔祥熙也觉得女儿无知，对不起胡宗南。

一场难以拒绝的婚姻，就这样被胡宗南巧妙地拒绝了。

答非所问

1797年，年轻的拿破仑·波拿巴将军在意大利战场取得全胜，凯旋而归。从此，他在巴黎社交界身价百倍，也成为众多贵妇人追逐青睐的对象。然而，拿破仑不喜欢这一套，并且有些讨厌。可是，有些人硬是紧追不放，纠缠不休。当时的才女、文学家斯达尔夫人，几个月中一直在给拿破仑写信，想结识拿破仑。一天晚上的舞会上，斯达尔夫人头上缠着宽大的包头布，手上拿着桂枝，穿过人群，迎着拿破仑走来。拿破仑实在无法避开。当斯达尔夫人把一束桂枝送给拿破仑时，他说："应该把桂枝留给缪斯（即文艺之神）。"斯达尔夫人认为这是一句俏皮话，并不感到尴尬。她继续没话找话地与拿破仑纠缠，拿破仑出于礼貌也不好生硬地中断谈话。

"将军，您最喜欢的女人是谁呢？"

"是我的妻子。"

"这太简单了，您最器重的女人是谁呢？"

"是最会料理家务的女人。"

"这我想到了，那么，您认为谁是女中豪杰呢？"

"是孩子生得最多的女人，夫人。"

他们这样一问一答，愈谈愈没趣。斯达尔夫人感到局促不安，也不想再自讨没趣，只得作罢。

摆在面前的请求，如果是强人所难，一般人的办法的拒绝了事。然而，针对不同对象，拒绝方式不能只有一种，有时需要直截了当，有时需要婉转隐晦。拿破仑心中不愿，又不便公开拒绝，而采取不冷不热、假痴不癫的办法，使斯达尔夫人自感无趣而告退。这虽是生活中的一件小事，也可见拿破仑为人处事的机智。

挑衅

利特尔公司是世界上最著名的科技咨询公司之一。它的前身是其创始人利特尔建立的一个小小的化学实验室，当时鲜为人知，丝毫也不引人注目。

1921年的一天，许多企业家在一次集会上，谈论科学和生产的关系。一位大亨高谈阔论，否定科学的作用。

一向崇拜科学的利特尔带着轻蔑的微笑，平静地向这位大亨解释科学对企业生产的重要作用。

这位大亨听后，不屑一顾，还嘲讽了利特尔一番，最后他挑衅地说："我的钱太多了，现有的钱袋已经不够用了，想找猪耳朵做的丝钱袋来装。或许你的科学能帮个忙，如果做成这样的钱袋，大家都会把你当科学家的。"说完，他哈哈大笑。

聪明的利特尔怎么会听不出大亨的弦外之音呢？他气得嘴唇直抖，但还是抑制自己，表面非常谦虚地说："谢谢你的指点。"

因为利特尔意识到这是一个千载难逢的机会。

此后一段时间里，市场上的猪耳朵被利特尔公司暗中搜购一空。购回的猪耳朵被利特尔公司的化学家分解成胶质和纤维组织，然后又把这些物质制成可纺纤维，再纺成丝线，并染上各种不同的美丽颜色，最后编织成五光十色的丝钱袋。这种钱袋投放市场后，顿时被一抢而空。

用猪耳朵制丝钱袋，这一看来荒诞不经的恶毒挑衅被粉碎了。那些不相信科学是企业的翅膀、同时也看不起利特尔的人，不得不对利特尔刮目相看。利特尔公司从此名声大振，财源滚滚。

面对挑衅，利特尔“假痴”忍受轻蔑，“虚心”接受指点；“不癫”不大吵大闹、争执强辩，也不义正词严加以驳斥，心里明白这是个振气扬名的机会，故意不露声色。此后，暗中准备，将猪耳朵制成丝钱袋，从而一举成名，既粉碎了大亨的恶毒攻击，也为自己的公司创下了声誉。

可见，“假痴不癫”有时只是缓兵之计，表面上软弱罢了，实际上好戏还在后头。

“愚蠢”的福特

1908 年 10 月，福特汽车公司成功推出 T 型车成为市场上的抢手货，第一年就销出 6000 部，创下历史最高纪录。以后每年都几乎以比上年翻一番的速度递增。到1913止，福特汽车公司的T型车生产了近20万辆，全部销售一空，而市场依然供不应求。福特汽车公司的事业如日中天。

这时，1914年初的一个周末下午，福特由他刚满20岁的独生子埃德赛尔陪着，到工厂巡视。因为工厂不断扩大生产规模，努力提高产量，工人周末不能放假，连星期天常常也要用来加班。

他们巡视完工厂后，埃德赛尔不无忧虑地说：

“爸爸，工人们看你的眼神不太对劲，您注意到了吗？”

经埃德赛尔这么一提醒，福特也突然有所发觉，说：

“你这么一说，我似乎也觉得有点奇怪，

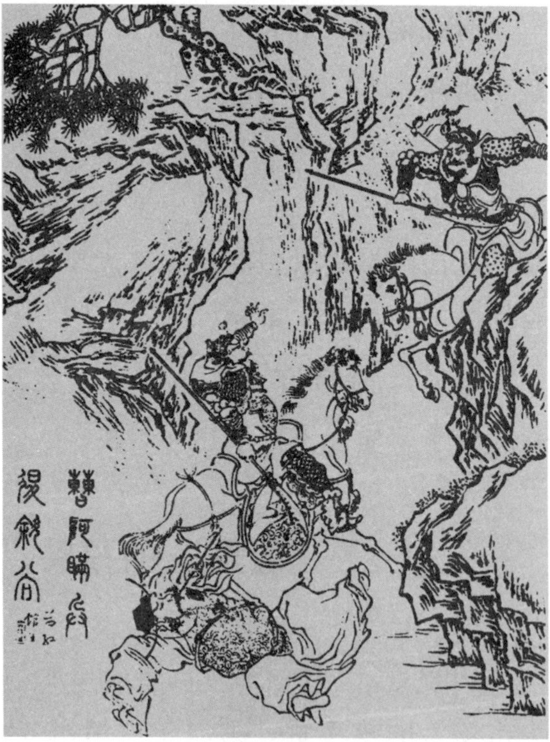

曹阿瞒退兵斜谷

到底是怎么回事？”

“爸爸，您曾和职工们沟通过吗？”

“以前常和他们交谈，但是最近因为职工人数激增，很少再和他们交谈。”

“我倒常和他们交谈呢？”儿子说。

“那很好啊……他们有什么反映吗？或者抱怨什么吗？”

埃德赛尔沉默了几秒钟，福特回过头来注视他。

“抱怨倒没什么，但由于工作量不断加大，T型车十分畅销，反而员工们情绪低落了。”

“为什么？”父亲有些惊讶地问，似乎也意识到了什么。

“工人们不是机械呀，即使机械也要时时上油呢，何况是人。他们都是有家庭、老婆、孩子，但他们不得不把大量时间花在工厂里，难免对工厂的劳动制度有所不满。”

“不满？难道工运激进分子已潜入工厂，准备起来闹事了吗？”当时正是工人反对资本家剥削而纷纷起来罢工、游行的高峰期，福特不得不十分警醒。

“不是的。”

“那么，是怎么回事？”

“爸爸，您最好去问问主管人苏伦森。”

福特知道苏伦森是一个非常出色的管理人员，他工作勤奋努力，技术上也是一把好手。但有一点令人担忧的是，他是个工作狂，他一周干6天，白天不休息，晚上还要熬至深夜，星期日、节假日也不例外，他要求工人们也如此，主张一周工作时间应为60小时，他不过问职工们的想法，经常武断的要求职工加班加点，职工们对这种夜以继日的劳动制度早已不满，如今快到了无法忍受的地步。

埃德赛尔看到了山雨欲来风满楼的迹象。福特也意识到问题的严重性了。

第二天星期天，福特突然传下命令：所有管理人员停止休假，召开紧急会议。

福特首先对着苏伦森问：

“现在工厂的平均工资是多少？”

“一天2元。”苏伦森不假思索道。

“上一期的利润超过很多，红利达20000%（股东资金的200倍），这个你知道嘛！再把工资提高点吧。”

“是的，这些我都知道，可是2元钱已经比附近的别克汽车公司多出20%了。”

“再提高点！”

“那么……加到2.5元吧！”这个数字是苏伦森费

了好大劲才提出来的。

“还是太少，苏伦森先生。”福特将手抱在胸前，若有所思地说。

然后苏伦森把工资定在3元上。这时与会者议论纷纷，有的表示赞成，有的表示反对。赞成者主要认为，高薪能买来平安，使工人安心工作，继续不断扩大福特汽车公司规模，着眼点在长远；反对者则考虑到过高的加薪会引起同行们的反感，弄不好会弄巧成拙。

正当众人在热热烈烈的争论着的时候，一旁沉默着的福特说话了。

“好，决定了，苏伦森先生，从明天开始，福特汽车公司的最低薪资上升为5元！”

在场都无不目瞪口呆，面面相觑。

“5元钱！”许多人都不相信自己的耳朵。

“怎么，你们有什么意见？”

“您是想把今年所得的利润的一半分享给职工？”

“是的，把股东红利的一半拿出来。”福特果断冷静地回答，接着，话锋一转，又说：“好了，这事到此为止吧。下面讨论一下工时改革，我认为每天工时10小时劳动强度过大，工人们的意见很大，我注意到了一些企业已开始尝试8小时工时制了，职工们普遍欢迎，为什么我们不尝试一下呢？”

这个意见得到大多数人的赞同，很快就决定下来了。

亨利·福特的这两个决定在美国历史上写下了高薪缺席这一历史性的一页。在美国近代劳工界掀起了一场革命风暴。

福特公司紧急会议的第二天，《纽约时报》登载了这样一段话：

“福特汽车公司董事长亨利·福特提出日薪5元的最低薪资，同时提出一天8小时工作制度……这是美国工史上的大革命，这个革命风暴势必为欧洲带来很大的影响。”

消息一出，《纽约时报》的社长欧克斯斯嘲讽地说：

“福特那个乡巴佬恐怕是发神经了！什么一天5元，现在是产业革命时代，他这么做，简直是想破坏资本主义社会。”

美国财经界发言人《华尔街经济日报》也向福特猛烈攻击：福特汽车公司的清洁工一天2.34元已经有些过分，现在居然升到5元，实在有悖资本家理论。

一些社会主义的激进分子也在底特律市发起了几百人的集会，指责福特的日薪5元的做法实际上是一种欺骗性的策略，目的不是保护劳工，而是为了避免罢工，这种行为可耻。

更令人遗憾的是，由于风闻福特汽车公司日薪5元，一万多名来自全美各地的求职者涌向了福特汽车公司门口，因行为粗野而和警察发生摩擦……

更有甚者，个别别有用心的人指使一名工人的妻子写信给福特说："一天5元的薪金，虽是您的恩赐，但是如此促使我丈夫赌马、酗酒、找女人……是毁灭我们家庭啊！"

各种各样的攻击铺天盖地，然而福特并没有动摇，他相信他的诚意是会被理解的。

他义无反顾实行他的日薪5元，每天8小时的工作制度。还积极改善职工的福利待遇，专门从教堂请来了马季斯神父担任工厂新成立的福利部顾问，把全厂150000名职工当作一个大家庭成员，给予每一个人的生活关心照顾。工人们自然非常感激公司，更加努力地工作。

几年后，即20世纪20年代，欧洲、美国相继进入经济萧条期，工人的罢工运动更是风起云涌，席卷而来，许多工厂企业纷纷破产倒闭，劳资矛盾不断激化。可福特汽车公司却安然无恙。

许多企业主这时不得不赞叹福特的先见之明，也纷纷行动起来加薪，缓解劳资双方的矛盾。

表面是很愚蠢的举动，取得了福特汽车的飞速发展，能不说是一种聪明之举吗？

“傻”事

宝元通百货公司在1920年开始营业时，资本只有银元840元，到解放后转为国营时，全部资产折合人民币400万元左右，即在30年内增加资产达4000倍左右。能够取得这样的成就，原因自然很多，但该公司所作的许多狡猾诡诈的宣传无疑是其中的一个重要原因。

例如1932年，宜宾分公司从上海寄来的一批永备电池中有一二个包裹被水浸湿了。宝元通公司便将水湿和受潮的电池全部集中起来（经过检验，有的只是光亮稍差，但还完全可用），故意当成渣滓陆续倒在轮船码头的垃圾堆里，等到有人捡去发觉还能使用，就有人说宝元通干了蠢事，连好电池也不要了。于是宝元通便在出售永备电池时向顾客说：“请放心，电不足的我们已经当渣滓倒掉了。”证之以当时的传说，顾客果然信以为真，以为只有宝元通的电池才是保证足电的。以后，别家商店出售的永备电池日见减少，而宝元通的销路却大大增加。它看到销售电池已取得顾客信任，便要求厂家在电池壳面上加印“宝元通百货商店经销”的字样，厂家见它的销售量大，也乐于照办。于是，宝元通百货商店便成了永备电池在川南的独家经理处。别家没有这些字样的电池更是无法销售，只好向宝元通进货转卖。

当占了便宜的人们说宝元通干了傻事的时候，他们是不会想到这是宝元通的竞争妙计的。

以不变应万变

丹麦的某座城里，住着一个叫里昂德尔的年轻绅士，他家境富裕，英俊潇洒，成为很多姑娘的偶像。

一天傍晚，他在街上散步，忽听得有人叫他，抬头一看，原来是街旁一座楼上有个姑娘在窗帘后面同他打招呼。虽然窗帘挡住了这个姑娘的容貌，但那隐约可见的绰约风姿、温柔动听的声音以及那谈吐不俗的话语，深深地打动了里昂德尔。交谈很久后，里昂德尔与姑娘约好第二天再来。

第二天里昂德尔按时到来，那个姑娘也出现在阳台，但始终脸上蒙着面纱，里昂德尔想让姑娘一展芳容，没有得到同意。

从这以后，两人天天在同一时刻见面。通过一天天的交谈，里昂德尔越来越感到这个姑娘不同凡俗，姑娘的话语和笑声时时刻刻在他的耳边响起。尽管姑娘始终没有展露她的真面目，里昂德尔还是从心底产生了强烈的爱意，一天他终于忍不住向姑娘倾诉了自己的心声，姑娘听完，沉默了一阵，告诉他为了考验这种爱情，应该再等待一段时间。

玄德进位汉中王

次日傍晚，里昂德尔又匆匆忙忙走上了去姑娘楼前的那条路。走到一个偏僻处，突然出现了几个蒙面大汉，不由分说将里昂德尔裹胁进了一辆马车，上路之后，他被牢牢看住，不知道马车往何处行驶。

等到里昂德尔再张开眼睛，他发现自己置身于一座富贵华丽的大厅里。厅里华灯齐放，金碧辉煌，一席豪华的酒席摆在里昂德尔面前。就在他狐疑满腹、惊魂未定时，一个美丽无比的姑娘来到面前，她向里昂德尔倾吐了一片爱慕之情，并告诉他，她的门第和财富足以使他一生幸福。如果他同意，他们可以马上结婚，而里昂德尔就会成为丹麦万人景仰的人。

这样一席话和这样美丽的一个女人，使得里昂德尔确实有些心动。面对着这种诱惑，里昂德尔心里产生激烈斗争：眼前是一位美丽、富有而高贵的姑娘，并且她深爱着他。这一切他都唾手可得；而另一个是那个蒙面的姑娘，对她的长相、家庭，他都一无所知，只是由于那种心灵的相知，他才爱着她，而蒙面的姑娘如今还没有接受他的爱情呢。怎么办呢？

终于，他还是决定了拒绝眼前的美丽姑娘，他要信守对蒙面姑娘的爱情。尽管眼前的这个姑娘一再劝说他不要过于痴情而轻易放弃就在眼前的幸福，并说没准那个蒙面的姑娘长得非常丑陋。里昂德尔坚决地表明，只要他们真心相爱，再丑再穷，他也不在乎。这个漂亮的姑娘只好又把他送回原地。

等里昂德尔匆匆忙忙赶到与蒙面姑娘约会的地点时，姑娘已在那儿等他了。他把刚才的奇遇告诉了姑娘，并正式向姑娘求婚，姑娘给了他一枚戒指，然后匆忙告别离去。

就在里昂德尔返回的路上，那个漂亮的姑娘又出现在他面前，并再次向他表白爱意。里昂德尔告诉她自己已经订婚了，姑娘听完后，伤心地大哭起来。里昂德尔同情地安慰她，并表示除了爱情外，他可以赠送她一切。于是姑娘要他把手上的戒指送给她做纪念，看着姑娘伤心欲绝的神情，里昂德尔未加思考，便把戒指给了她。

待姑娘走后，里昂德尔心情平静下来，才发现自己送掉的正是蒙面姑娘给他的订婚戒指，不由大惊失色，担心蒙面姑娘会责怪他不把她放在心上。是承认把戒指送给了一个向他表示爱慕的姑娘，还是另找一套谎话骗那个蒙面姑娘呢？他开始犹豫不决了，最后还是决定把实情告诉蒙面姑娘，然后再解释清楚求得姑娘的原谅，不管结果怎样，他都不能欺骗自己所爱的人。

第二天，他与蒙面姑娘见面时，姑娘果然问起他手上的戒指为何不见了。里昂德尔鼓起勇气，将实情告诉了姑娘，他请求姑娘原谅他的这一失误，而蒙面姑娘听完他的陈述，不但没有责怪他，还夸他忠于爱情，诚实不欺，并且为人善良，富于同情心，真正是值得姑娘们去爱的人。

蒙面姑娘说完这番话，伸手揭去脸上的面纱，微笑地看着里昂德尔。这时里昂德尔惊奇地发现，这位蒙面的姑娘就是那个在大厅里向他表白爱情、在路上向他索要戒指的美丽无比的姑娘。经历了种种爱情考验的里昂德尔，终于得到了美丽而高贵的姑娘的芳心。

聪明的姑娘为了考验情人，先是以纱蒙面遮住美貌，由此考验情人是否只看重外表；而后以美色和财富进行诱惑，考验其是否忠于爱情；最后先赠戒指后又骗走，一赠一骗考验其是否诚实并有同情心。姑娘故意制造事端，使被考验的对象处于矛盾之中，而她在暗中观变，所有想了解清楚的问题则清清楚楚地得到了解决。

蒙面姑娘的假痴不癫，比较真实的探测到年轻绅士的内心深处，从而使一段爱情经住了考验。

燕王装疯起义兵

明太祖驾崩后，因继承人皇太子朱标早已亡故，由长孙继位，是为惠帝，改年号建文，亦即建文皇帝。建文年纪虽小，却相当精明，他知道自己的环境，在十多个王叔的威胁之下，地位十分尴尬，为使皇权免受于控制，在黄子澄等策划下，大刀阔斧来个削藩运动。

燕王朱棣眼见各位王兄王弟一个个倒了。此趋势，必轮到自己，与其等死，不如先发制人，起兵发难。他的军师道衍以军备未足，时机尚未成熟，劝他再等机会，因此暂时隐忍，秘密练兵，预备行事。

有一次，燕王照例派一位亲信葛诚入京奏事，见了建文帝，建文帝有意收买葛诚，便召他进入密室，对他说“如果你能把燕王的活动情况及时报告于我，将来升你为公卿。”葛诚说：“食君之禄，担君之忧，臣愿效犬马之劳，此次回去，必密报燕王举动，为陛下作内应。”

葛诚回到燕京后，怂恿燕王入京（南京）见帝，以释嫌疑，此计无非想驱羊入虎口。燕王与道衍商议，道衍力主不去，燕王却说：“此时我能举兵，便当举兵，若不能举兵，不如暂住一行，料他也无奈我何。”因此便毅然进京，果然有人怂恿建文帝将他扣留，但建文帝犹豫，一时又找不到借口，于一个月后，便放燕王返回燕京。

燕王相当精明，老奸巨猾，他最清楚自己的处境，一回来就诈病，病得很厉害，此举无非使朝廷不疑他有变。

建文帝虽放走燕王，却也时刻防备，并不因他“病重”而松懈。用了一个调虎离山计，以边境防卫为名，把燕王所属的劲旅调了一部分离开北京，派亲信工部侍郎张为燕京布政使（行政长官）谢贵为都指挥（城防司令），把文武两权夺了过来，又制造借口把燕王的得力部属于谅、周铎两人杀了，罪名是阴谋叛变。

燕王眼见这种夺权把戏，无非因自己而发，为保全生命起见，便诈癫扮傻，溜出王府，整天在街边游荡，口出狂言，见物就抢，十足一个疯子。有一次，出门几天都没有回来，从人到处寻找，卒见他睡在泥淖里！扶起来他还必骂：“我好好睡在床上，干吗要抬我出去？”

张和谢贵知道此事，便入营去探病，想看个究竟。这时是暑天，只见燕王穿起皮袄，围炉而坐，还身子发抖，牙关打颤，不停地说天气太冷了。

他们认定燕王是真病，防备稍为放松，但葛诚告诉，燕王根本没病，这是诈癫扮傻，用意难测，切勿让他瞒过。

张于是具报朝廷，建文帝便立即采取行动，密令城防副司令张信下手。那张信过去乃燕王的亲信。接到密令，却犹豫不决，他的母亲见此情形，问明底细，劝他要饮水思源，不可忘恩负义，他便把事情拖延下去。

建文帝见还没有消息，又再下密旨催张信，张信光火了，说："朝廷何逼人太甚？"乃愤然去见燕王。守门的不准他进去，张信大声说："你们只管去传报，说我张某有要紧事求见！"

燕王召见张信，却仍卧在床上，不说半句话。左右说："殿下正患风疾。"张信明知其诈，便说："殿下不必这样，有什么事，可对老臣直说无妨。"燕王打量他的神气，并无恶意，才开口说："这场病真惨，已捱几个月了。"张信见他仍不肯露真情，心一急，便流起泪来，率直告诉燕王："殿下，事到如今，还不说真话，大祸真的已临头了。"顺手拿出建文帝的手谕来，说："朝廷命我擒拿殿下，如果你有意，就要坦诚相告，让大家想个办法，否则便肉在砧上，宰割由人。"

燕王一见，起来连忙下床，向张信叩谢，急召军师道衍入室，商量救急之计。密议结果，由张信增兵王宫，说是严密监视，实际上是保护燕王的安全，进一步定计要除掉张和谢贵这两位朝廷命官。

外驰内张的情势，已到一触即发的地步，张信暗里要保护同党人的安全，即下令把燕王的部将全体逮捕，说是有造反嫌疑，要押赴朝廷处决。这一着无非掩人耳目。又暗中派出精壮士兵，埋伏在东殿两旁，宫门内外，密布便衣警探。

第二天，说燕王的病已好了，要召见张和谢贵，商议如何把这批阴谋造反的将领押解入朝。

张谢两人虽然不疑，但也有防备，带了很多卫队到了礼端门，燕王扶杖把他们迎进去，卫队却被拒于门外，在宴会行酒间，一片欢乐气氛，左右献进几个西瓜，大家都吃起来，燕王忽象有所感，停食站起来，气愤愤说："想起我目前的处境，有吃都难以咽，就是做老百姓，兄弟叔侄间也应该互相怜恤，我身为皇帝叔父，反而要惶恐度日，今皇帝待我这样，国家还有什么希望呢？"说完将手上的西瓜往地上一摔。

这原来是个暗号，两旁埋伏的士兵一见，即拥了出来，不由分说就把张、谢贵等斩首，再揪出葛诚来，一同处斩示众，随即宣言，起义兵，清君侧，直向南京进军，不久便攻破皇城，抢了帝位。

第二十八计　上屋抽梯

【原文】

假[①]之以便，唆之使前，断其援应，陷之死地。遇毒，位不当也[②]。

【注释】

①假：借予、给予的意思。

②遇毒，位不当也：语出《易·噬嗑》卦："象曰：遇毒，位不当也。"卦象是说，凡遇到苦恶有害之物，都是因为把它放在不当的位置上了；如同让牙齿咬那种又艮（指食物不松脆）又硬的腊肉，而使牙齿受到伤害，正是因为把腊肉放在牙齿这个不当的位置上了。这里的意思是不说，诱使敌人上屋，然后抽梯，正是把敌人引到十分不利的地位上，而不得脱身。

【译文】

故意（露出破绽以）使敌人觉得方便（进攻我方），引诱它深入我方，然后截断它的后援和接应，使其陷入绝境。（敌人抢腊肉而）中毒，便会失去原有的地盘。

【按】唆者，利使之也。利使之而不先为之便，或犹且不行。故抽梯之局，须先置梯，或示之以梯。

【译文】

所谓唆使，就是用利益去引诱。如果只用利益去引诱，而不为它提供方便，也许它还不会行动。所以要采取“上屋抽梯”之计，就必须先准备好梯子，或者显示有上屋之梯。如：慕容垂、姚苌等人怂恿苻坚入侵晋国，以便乘机自己起兵。

【计名探源】

本计计名出自一个典故。说是东汉末年，荆州刺史刘表的儿子刘琦因不容于继母，恐遭陷害，向刘备求救。刘备要诸葛亮为他想出解脱之计。这天，诸葛亮来到刘琦家中，刘琦哀求诸葛亮说：继母屡次设法陷害我，务欲置我于死地而后罢休，目下我的处境十分险恶，还请先生相救一二。诸葛亮说：此事关系离间母子之情，恐将来说将出去，多有不便，表示拒绝。刘琦便邀请诸葛亮进入密室之中，一边饮酒，一边仍缠住诸葛亮不放。可诸葛亮还是不愿答应刘琦的请求。这时，刘琦见再三恳求无效，便挥转话头，对诸葛亮说：我的住室楼上藏有一部古籍，请先生观赏一番如何？诸葛亮听说有古籍观赏，非常高兴，便答应了。说着便跟随刘琦登上一间小楼，到了楼上，见四壁皆空，并无藏书设置，便问刘琦书在何处。这时刘琦便双膝跪下，承认自己是事出无奈才把诸葛亮骗上楼来，务请指点出路，拯救性命之危。诸葛亮埋怨刘琦不该施行欺骗，便要下楼离去，可不料楼梯已被抽走了。这时刘琦便又哀求说：先生最担心的是事情泄露，现在，这里上不着天，下不着地，出君之口，入琦之耳，再没有别人知晓，您应该可以赐教了；说着又要拔剑自刎。诸葛亮见刘琦如此情景，便给他讲了一条计策，叫他借鉴历史上“申生在内而亡；重耳在外而安”的经验，利用黄祖新亡，江夏一时无人守御的机会，向刘表请求屯兵江夏，如此便可离开继母，脱离危险了。刘琦按照诸葛亮的计谋行事，果然灵验。后人便把这件事叫作“上屋抽梯”。至于把它用于军事斗争中，作为一计，其特点主要是指，利用某种小利引诱敌军，使其进入我方设置的圈套，截断其援兵和退路，然后再加以围歼。

梯子，有很大学问，对性贪之敌，则以利诱之；对情骄之敌，则示以我方之弱以惑之；对莽撞无谋之敌，则设下埋伏以使其中计。总之，要根据情况，巧妙地安放梯子，致敌中计。

《孙子兵法》中最早出现“去梯”之说。《孙子·九地篇》：“帅兴之期，如登高而去其梯。”这句话的意思是把自己的队伍置于有进无退之地，破沉舟，迫使士兵同敌人决一死战。

如果将上面两层意思结合起来运用，真是厉害的谋略。

【评语】

“上屋抽梯”又作“上楼去梯”，或“上房抽梯”。《孙子·九地篇》：“帅兴之期，如登高而去其梯。”《书叙指南》：“密计曰秘策，又曰升楼去梯之谋。”此计用在军事上是指：诱敌深入，使之前来就范。然后以包围、迂回、背后突袭和切断退路等战法，将敌全部歼灭的计谋。

古人认为，所谓唆使，就是以利去引诱敌人。如果只引诱而不给敌人以方便，敌人就会犹豫不前。因此，凡是运用上屋抽梯计谋的，要故意暗示给敌人，使它相信这里确确实实有梯子可用。

【战例】

崔杼斩庄公

春秋时代，齐庄公勾引上了于自己有功的崔杼之妻，崔杼得知，怒不可遏，但齐庄公乃一国之君，大张旗鼓地兴师问罪，反而会于自己不利。于是崔杼暗地里策划谋害庄公。庄公身边有一个叫贾举的宦官，因为一点小事被庄公鞭打过，贾举怀恨在心，也在伺机报复。崔杼得知，将其收买，让他作内线为自己通风报信。不久，莒国公来齐国朝见，庄公特地设宴款待，崔杼故意装病不去接待，与老婆一起留在家里。（给庄公留下上屋之梯）庄公以为这又是一个与崔妻幽会的机会，于是以探病为名，又一次去崔府。贾举将庄公的意图偷偷告诉了崔杼，崔杼让手下人埋伏起来。庄公来到崔府门前，贾举拦住了庄公的侍从，让他一人进去，并把门给关上。庄公一进门，崔杼的手下一涌而上，将其抓获。庄公请求放了自己，崔不同意，庄公请求好好商量，崔也不答应。庄公知道性命难保，于是又请求让自己到太庙里去自杀，崔更是拒绝。（抽梯）庄公突然跳墙逃走，被人射中，坠下墙来，崔杼手下人一涌而上，将庄公杀死。

陈余之死

公元前 204 年（汉高祖 3 年），韩信驻兵平阳，准备伐赵，可巧张耳领兵到来与韩信会师。两支人马，合军东行，进攻代郡，前锋直抵阏与。代郡为陈余封地，由夏说镇守。夏说闻知汉军已到阏与，当即领兵迎敌，遭到大败，夏说战死，汉军攻入代城，随即又挥兵南下，进至离井陉口约卅里处安下营寨。

却说赵相陈余得知代地失守，便格外严防，厄险固守，阻止汉军继续前进。这时，谋士李左车向陈余献策道：韩信、张耳乘胜远斗，锋不可当。但他远道来此，利在速战，好在我国门户，有井陉口天险，这里道路崎岖狭隘，车骑很难行走，他们如从这里进军，难以同时兼运粮草，一切辎重都将留在后面。因此，我请求领兵 3 万，前往截取汉军粮草辎重，您只需在此深沟高垒，不与交锋。这样，汉军将前不能战，后不能还，荒山之间，又无从寻找粮草，保管不出 10 日，汉军便将为我打败。否则，我军虽有井陉天险，也难以长久固守，万一天险被敌攻破，我们就将全军覆没了。却不料，陈余书生气十足，迂阔之至，自称是统率义兵，不搞诈谋，不仅不听李左车的意见，还把他给辞退了。韩信听到这个消息，很是高兴，连忙叫来骑都尉靳歙，如此这般地交待一番，又叫来左骑将傅宽，如此这般地授以密计，然后等到半夜时分，率领全军进抵井陉口。天刚亮时，韩信命令裨将向士卒分发干粮，只教权且充饥，等今日破赵，再会食不迟。同时又挑选精兵万人，叫他们渡过泜水，背靠河岸，列阵等待；韩信、张耳也相偕渡河。到达对岸后，韩信命令军士扬旗示众，摆鼓助威，大模大样地闯进了井陉口。

三十六计之上屋基抽梯

且说陈余听说汉军已到井陉口，便大

开营门，挥兵出战。赵军仗着人多势众，一拥向前，要围韩信、张耳。韩信命令军士抛去帅旗，掷掉战鼓，一齐返奔，退至泜河。赵军以为得胜，自然拼力追击，还有居守大营的赵兵，也想乘势邀功，甚至把赵王歇都拥了出来，掠取汉军旗鼓，真正是洋洋得意，喊声震天。那时韩信、张耳等人已退到泜河，泜河上面本有汉军列阵，韩、张 2 人随即进入阵中，出战陈余。韩信下令军中，决一死战，后退者立斩不赦。汉军本无退路，只能拼力向前，争先杀敌，自辰时战至午时，双方难分胜负，陈余恐将士饥饿，不能再战，便叫收军回营，那知才走至半途，遥望大营之上已遍插汉军旗帜，原来是韩信安排的靳歙一路，趁着赵军倾巢而出追赶韩信时，已经把赵军大营给占领了。陈余见到大营有失，不由得心惊胆战。正在慌忙的时候，斜刺里又杀出一支军马，乃是汉左骑将傅宽。陈余急忙迎战，且战且走，忽又遇到一路人马兜头拦住，为首将领乃是汉常山太守张苍，吓得陈余不知所措，反从后面倒退。傅宽、张苍，合兵赶杀，把陈余逼至泜水边，前有阻拦，后有追兵，走头无路，终被汉军乱刀砍死。

韩信就这样运用上屋抽梯之计击败了陈余。

火牛阵

楚被削弱之后，秦、齐的斗争白热化了。

公元前 298 年，齐联合韩、魏攻秦，相持三年。最后打进秦国的大门函谷关（在今河南灵宝东北），大败秦军。秦恐危及国都咸阳，割地献城讲和了。

公元前 284 年，秦与燕、赵、韩、魏、楚共同伐齐，齐大败，齐王被杀，差一点亡国。

这次联合伐齐，燕将乐毅打得最为出色，一鼓作气，攻下齐国七十余城。齐国只剩下莒（jǔ 举，今山东莒县）与即墨（今山东平度）两城未降。然而，齐国军民团结抗敌，支撑危局达五年之久。

齐人有个叫田单的，原在临淄做过小官，逃来即墨，参加了守城。即墨大夫战死，田单就被众人推举为将军，领导即墨军民抗敌。

田单得知燕国君将不睦，遂施反间计，使燕惠王撤换了英勇善战的将领乐毅，派来个昏庸无能的将军骑劫。

田单派细作散布流言说："齐兵别的不怕，就怕燕军把俘虏的鼻子割掉，那就会使齐兵害怕，不敢再战了。"燕将骑劫不知是计，果然把抓到的即墨人的鼻子通通割下，放了回去。即墨全城的军民都被激怒了，守城抗敌更加坚决。

田单又放出空气说：“即墨人非常担心他们的祖坟，如被人挖掉，那会令即墨人伤心难过，无心守城。即墨就指日可破了。”骑劫听到后又上了当。即墨军民从城上看到燕军在城外挖他们的祖坟，毁坏先人的尸骨，悲痛万分，怒发冲冠，纷纷要求出城与燕军决战。

田单知士气可用，就将精壮埋伏起来，故意让老弱妇女上城防守，派人出城假意投降，又以重金贿赂燕军将领，恳求说：“即墨不久就要投降，城破之日，望能保全家小。”燕军只顾高呼胜利，燕将骑劫也深信不疑。

田单在麻痹敌军时，自己却进行着战斗准备。在全城征集了一千多头牛，给牛衣以绵绣，画上五彩巨龙，角上绑了利刃，尾上扎了浸油的苇束；同时挑了五千名精壮的士卒。一个“火牛阵”的奇袭方案准备妥当了。

公元前 279 年的一个深夜，田单下令出击，火烧牛尾，火牛怒吼着直奔燕军兵营，五千精壮随后掩杀，城上老弱拼命敲击各种铜器，声动天地。燕军突然惊醒，又见无数火龙东奔西突，吓得慌作一团，溃不成军。齐兵乘胜追击，齐国各地人民揭竿响应，军民奋勇，势如破竹，一举收复七十余城。危亡的齐国又复苏了。但毕竟伤了元气，从此再也无力与秦争雄了。

田单运用上屋抽梯的计策，取得了秦齐之战的胜利。

刘杨之死

东汉时真定王刘杨谋反，汉光武帝派耿纯拿着符节去收服刘杨。耿纯接受了命令后，到了真定，装作到州郡出使的样子，住在宾馆里休息，刘杨自称有病不肯前来见他，还给耿纯写了封信，想叫耿纯到那里去见他。耿纯回信说："我是接受皇帝的使命来见诸侯王和州君长官的，我不能前往，你即使有病也应该勉强支撑着前来见我。"当时刘杨的弟弟刘让、堂兄刘绀，都拥有万余人的队伍，刘杨看到自己的军队很强大，而且耿纯的神态很安祥宁静，不象要以兵相待的样子，于是就带了官员来到耿纯下榻的宾馆，他的堂兄和弟弟带着少量的军队在门外护卫。刘杨进入宾馆，耿纯以礼相待，接着邀请他的兄弟都到宾馆入座。等他们都进来以后，耿纯关上门，命令部下把他们都杀死，然后带兵而出，整个真定为之震惊恐惶，没有一个人敢轻举妄动。耿纯的上屋抽梯之举，不动声色的斩杀了刘杨，解除了光武帝的后顾之忧。

五伐曹魏

223 年，刘备经夷陵一战，大败，后忧郁成疾，临终受命诸葛亮辅佐后主刘禅。诸葛亮得到遗诏后，忠心耿耿地帮助后主刘禅平定中原，兴复汉室。在 227 年至 234 年间曾六次北伐曹魏，其中公元 231 年，是诸葛亮第五次北伐曹魏。

诸葛亮这次率领蜀汉大军复出祁山（今甘肃礼县东），适逢曹魏镇守西部主将曹真有病，群龙无首，魏营一片惊慌，一日三报许都，魏明帝曹睿急召大臣商议。正好司马懿这时从荆州回到许昌。曹睿大喜，便对司马懿说："诸葛亮复出祁山，西方军事吃紧，非你不能对付，孤欲派你率领张郃、郭淮等将，立即去长安，以解祁山之围。"司马懿听曹睿这样一说，也顾不得休息，当即率领大队人马，日夜兼程，向西奔去。到达长安后，司马懿留精兵四千亲自防守上邽（今甘肃天水市），其余人马由张郃率领，增援祁山。

再说诸葛亮闻报司马懿西来，留下王平率部分兵力围攻祁山，自己带姜维、魏延等率主力到上邽和司马懿决战，首先大败魏将郭淮，乘机抢收了陇西小麦。司马懿见蜀军来势勇猛，据险不战，诸葛亮虽多次挑战，司马懿始终不敢出营。于是诸葛亮遂率兵向祁山方向撤退，以调动魏军。司马懿见诸葛亮撤兵，稳步尾追，逼近祁山时，遭诸葛亮率兵反击，魏军大败，被斩杀三千余人，缴获衣铠、角弩近万件，司马懿只得收兵返回上邽。

诸葛亮大败司马懿后，因粮食不继，一方面扎营操练士卒，一方面等蜀中运粮。这次负责督运粮草的是中都护李严。李严只图安身求名，平时疏懒，很少考虑国家大事。正是夏末秋初，连下了几天大雨，道路泥泞，运粮不继，李严深恐受责，便假传后主刘禅旨意，叫诸葛亮返回成都。诸葛亮接旨后，不知国中出了何事，只好作回军的准备。但诸葛亮知道，这一撤军，司马懿必然会率领大军进行追击，便考虑如何能在撤军中，再次大败魏军，以保证安全撤退，不受损失。诸葛亮知道司马懿为人谨慎，老成持重，遇事从不轻举妄动，要击败他，必先以小利调动他上钩采用上屋抽梯之计，然后用重兵伏击消灭他。经过深思熟虑后，诸葛亮召集各路人马如此这般一番将任务布置下去。

伐中原武侯上表

再说司马懿在上邽，以为诸葛亮会乘胜追击，正调兵遣将，加强防守，忽探卒来报，说诸葛亮会调祁山各路兵马，聚集卤城，向木门而去，觉得奇怪。这木门乃是回蜀必经之路，莫非要撤？但诸葛亮新近连胜两仗，士气旺盛，说他要撤，是不可能的。正当司马懿狐疑不定时，诸将说：“诸葛亮聚兵木门，非攻即退，我正可乘其聚集，调重兵予以围歼。”司马懿却说：“诸葛亮素来善用诈术，不可轻举妄动，应察看虚实再说。”于是带领张郃及部分人马来到木门附近山上，观看动静。只见木门蜀军营寨旌旗招展，烟火不断，但始终未见诸葛亮一兵一卒。司马懿察看良久，才对张郃等将说：“诸葛亮果真走了。”但仍恐有诈，不敢追赶。诸将见司马懿仍犹豫不定，又纷纷进言：“今蜀退兵，必然是国中有事，或南夷为叛，或刘禅有疾，或粮草不济。诸葛亮设空营迷我，乃是怕我追他，我若乘势追击，必获大胜。望将军下令。”司马懿见诸将立功心切，且又势在必追，正欲下令，见张郃沉默不言，便问：“将军不语，莫非是不宜去追？”张郃答道：“兵法有言：‘归军勿追’。”诸将听后，说：“将军未免前勇后怯了。”为此一语，激得张郃性起，愤然答道：“临阵至今，向不落后，要追就追，岂肯怯敌？”司马懿便命令张郃率领轻骑万人先行，并再三叮嘱张郃道：“蜀兵虽退，险阻处必有埋伏，将军不可大意。”自己则自领中军，率三万人马继进。

张郃乃曹魏一员虎将，曾随曹操南征北战，屡立战功。蜀中很多名将，都与他交过锋，知其有勇有谋，连诸葛亮都认为他是北伐中原一大劲敌。这次张郃领命，引兵追赶诸葛亮。刚出木门不久，忽听背后一声喊起，树林内闪出一队人马来。为首一员大将乃是魏延，只见他横刀勒马，大声叫道：“狗贼张郃，丞相命我，在此等候多时，你往哪里走！”张郃大怒，回马挺枪直向魏延刺来，两人厮杀了一阵魏延假作抵挡不住，向后败退。张郃哪里肯舍，随后紧紧追赶。

刚转过一个山坡，魏延忽然不见了。张郃勒马四下观察，却找不到一个伏兵，便又拍马向前追去，忽然喊声又起，一队人马冲杀过来，为首大将乃是王平，大叫：“张郃不必追赶，我在这里！”张郃也不答话，挺枪直刺过来，王平拨马就走，张郃追至一片树林时，只见王平纵马逃了进去，张郃这时心里疑惑，怕有伏兵，便令士兵四下打探，回报林中无一伏兵，便引兵冲进林子。谁知刚进树林，却遇魏延迎面拍马而来；魏延刚败走，王平又杀将回来。这样冲杀了几个来回，魏延、王平轮番出战，边战边退，每退都遗弃一些衣甲、头盔、马匹。张郃连续大战魏延、王平，越战越勇，没有丝毫怯意。这时魏延驰入木道中，道路逼仄，佯装人马败乱，弃甲抛戈，塞满道路，诱张郃追来。张郃骤马急进，已入窄径，忽听一声号炮，山谷两侧火起，接着巨响连珠，好似山崩一般，山鸣谷应，张郃知已上当，立即下令退出谷口。可是已经迟了！号炮响过，由两山滚下巨石大木，将山谷口完全堵住，张郃只好返身再追魏延。这时两旁山上万箭齐下，可怜张躲避不及，已被飞矢射中死于马下。魏兵跟入道中的都被射死，只有后队人马未入道中仓皇逃回，又多被蜀兵所杀。

第二天，司马懿率兵赶到木门道山谷，只见魏兵横尸遍谷，张郃已死，而蜀兵的影子也不见一个，不敢前进只好收尸而退。

这一战，诸葛孔明佯装败退，引得魏军大将张郃陷入重围，大败曹军。蜀军本意是撤军，却在撤军过程中，上屋抽梯，不但使大军安全撤回，而且给曹军以重创，这真是一个双重妙计。诸葛孔明真不愧为智谋超人的军师。

淝水之战

故意暴露破绽，给敌人提供方便，引诱它深入我方，然后截断其救援与策应，使之陷入绝境。它遭到覆灭，那是由于动作不当。“上屋抽梯”的基本思想是：诱敌上前，而后断其退路，一举歼灭之。

383 年，东晋与前秦在淝水（今安徽寿县一带）进行的一次大战，是历史上著名的以弱胜强的战役。是年 11 月，前秦皇帝苻坚亲率步兵 60 余万，骑兵 27 万，羽林郎（皇帝之近卫军）3 万，号称百万大军，沿淝水西岸布阵。东晋都督谢石和大将谢玄等人率领骑兵 8 万，水军 5000 余人，与秦军隔水对峙。这两军在数量如此悬殊的情况下，若秦军指挥得法，晋军便毫无还手之力。但晋军大将谢玄利用苻坚骄傲轻敌的弱点，亲自拟出一纸战书，派使者送达秦军前锋主将苻融（系苻坚之弟），言称："将军率部入晋地，却紧靠淝水布阵，此乃持久之计，并非速战速决。如果你把秦军阵地移动一下，稍向后撤，让出一片战场，晋军渡过淝水，即可一决胜负，不是很好吗！"当时，秦军众将领一致反对。然而，不可一世的苻坚却说："只要我们稍退一步，来个将计就计，趁晋军半数渡过淝水之时，即用精锐骑兵夹击砍杀，岂有不胜之理！"这样，双方约定，秦军后撤；晋军渡水。后撤之军，本是被迫征调来的汉族士兵和被奴役的民众，一听到撤退命令，便趁机奔逃，乱作一团。这时，有人乘势大喊："秦军败了！秦军败了！"秦后方部队信以为真，争相逃命，溃不成军。这时，谢玄带领晋军突击部队抢渡淝水，追杀秦军。大队晋军也随后渡水，猛追猛打。此时，秦军早已指挥不灵，指挥官苻融马倒人翻，死于乱军之中。蹲在寿阳城里的苻坚看到大势已去，慌忙骑马奔逃。秦兵人马十之七八都因自相践踏或冻饿而死。

骄狂轻敌失河涧

公元 617 年，黄河下游的瓦岗农民起义军发展到几十万，占领了河南的大部郡县，成为直插隋朝腹心的一把利剑。于是隋炀帝急令心腹将领涿郡（今河北涿县）留守薛世雄奔袭瓦岗军，解救东都洛阳（今河南洛阳）。隋炀帝还给了薛世雄沿途镇压起义、临机处置的权利。薛世雄接到命令后，立即率领所部三万精兵南下。

当时，在河北地区也有一支农民起义军，就是建德窦领导的农民武装队伍。这支队伍发展到十多万，建立了农民政权，窦建德在寿县（今河北献县）自称长乐王。当不可一世的薛世雄军路过他所控制的河涧县（今河北河间县）时，窦建德为了麻痹薛世雄，瓦解隋军的斗志，他派人四处散布说："窦建德听说朝廷派薛世雄将军率大军南下，不敢阻挡，都吓得逃到了根据地去了，为薛世雄将军过境让出了道路。"这个话一传十、十传百，很快传入薛世雄的耳中。骄悍的薛世雄信以为真，认为窦建德根本不敢与自己相抗衡。因此在行军和宿营中完全放松了戒备。窦建德摸清情况后，选拔出武艺精湛、机智勇敢的战士 280 名，组成敢死队，其余武装埋伏在河间县的水泽中。在一个大雾弥漫的黎明，窦建德亲率敢死队猛冲薛世雄的大营。这突然一击，使隋军猝不及防，整个大营乱作一团。农民军利用天时、地利、人和。一切有利条件，横冲直撞，大砍大杀。不多时，隋军全军溃散。薛世雄本人受伤，在几名骑兵的保护下逃回涿郡，不久就羞愤而死。这次围歼战的胜利，使窦建德领导的农民起义军声威大震。

“上屋抽梯”先要屋门大开，使敌人便于进，愿意上。窦建德摸准了薛世雄由于得宠而骄狂轻敌的心理，故意示弱，制造舆论和气氛，大开屋门设梯诱敌入伏，然后利用各种有利条件，以中心突破，四面合围的战法，打了一个速战速决的歼灭战。

智灭隋朝

隋炀帝杨广，为了骗取其父皇杨坚的信任，装扮出孝悌恭俭的模样，被立为太子。直至杨坚重病不起，才暴露其争夺皇位的权欲，杨坚虽终才识清其真实面目，却为时已晚，弑父夺位的一幕无法避免地发生了。

同样，老谋深算的唐高祖李渊在隋末动荡的年月，为了达到其夺权建唐的目的，对炀帝也采取同一对策，为免遭炀帝的猜忌和迫害，终日“纵酒沉湎，纳贿以混其迹”，用表面的淡宁与无争来掩饰其宏大的政治志向和野心勃勃的政治权欲。

唐高祖李渊在处理和李密的关系时，便抓住对方的弱点，以推奖助骄，顺迎其意而谋远图。

隋末农民大起义中势力最强大的一支队伍是曾“威之所被半天下”的瓦岗军。这只义军在翟让、李密的领导下，活跃于以洛阳为中心的中原地区，沉重地打击了隋朝统治集团和士族地主。

出身大贵族家庭的李密在投身于瓦岗军之后，以勇敢善战，指挥有方和长于谋略，威望日增，很快获得了翟让的信任并逐步掌握了义军的大权。伴随李密大权独揽和志得意满后的所作所为，他与翟让之间的裂痕愈

岐亭攻栅

来愈深，最终导致他杀害翟让，独霸瓦岗军的最高领导权。

杀掉翟让后，李密自以为自己拥众百万，坐对敖仓，兵精粮足，又稳操瓦岗军领导大权，而隋炀帝也龟缩在江都不敢回中原，东都的隋朝兵力也不足为惧，遂有自矜之志。对部下不加体恤，不予赏赐，更排斥异己力量，致使义军内部人心不齐，组织涣散，而他却无视这些，个人的政治野心日益膨胀，妄自尊大，目空一切，以为未来天下之主非他莫属。

起兵于太原最终登上帝座的唐高祖李渊却不然，他冷静地审视着当时各派力量的消长，寻找有利的时机，消灭割据称雄而无远虑的对手，夺取天下。他对瓦岗军的力量非常重视，曾派人送信给李密，试图联络和利用这支队伍，以达到自己的目的。而李密却在复信中志气高扬，以天下为己任，称自己已为四海英雄推为盟主，望左提右挈，戮力同心，“执子婴（喻执代王）于咸阳，殪商辛（喻杀炀帝）于牧野”，表达了他欲彻底推翻隋朝统治的决心。信中提到要和李渊面结盟约，协力完成大业。

接到李密的信函，李渊认真的考虑如何处置，他以为，唐军正进军关中，若不此时与李密绝交，必然是新树一敌，于己不利，不如卑辞推奖，以骄其志，利用瓦岗军来守成皋之道，断绝与江都的交通，并借义军之力拦击东都的隋军，使之不能在唐入关后营救长安。趁李密骄矜不设备之机，我方专意西征，待占据关中后就能虎视天下，静观鹬蚌相争，坐收渔人之利。

李渊的考虑是以西取关中为首要大事的，这是他超出群雄之上的高超见解。因为，事关开国大业成败关键的正是能否拿下关中，选择关中作为首要攻取方向是非常明智的举措。就地理条件来说，这里有丰饶的物产资源，四塞之内，沃野千里，号称八百里秦川。东临黄河，三面环山，又处两关之间，因而是兵家必争之地。历史上从西周至隋九个朝代都在关中长安建都，以关中作成就帝业的根据地，最终经营西方，统一中国，意义至为深远。再者说，这里在隋末兵力非常空虚，虽然身为国都，却因炀帝多次巡幸江都而带走京师精锐的军队作为护驾，从而消弱了关中的守卫力量。而东都的守军又有绝大部分牵制在与瓦岗军、江淮义军及河北义军较量的战场上无余力顾及关中。因此，李渊决定：当务之急是直取关中。

事实上，李密在辅佐杨玄感反隋时就曾劝他夺取关中，因未见采纳而放弃，杨玄感最终还是失败了。而当李密主宰瓦岗军时，他的谋士柴孝和曾力劝他夺取长安，创业关中，李密却未能采用。终于被李渊抢先一步，其政治远见和军事谋略当在李密之上。

李渊主意已定，立刻让记室温大雅以李渊的名义复书李密，对杀炀帝、执代王之说表示不敢从命，而申明自己“志在尊隋”，借以掩饰其夺取天下的鸿鹄之志。随即大肆吹捧李密说，当今能为民之主者，非君莫属。并自谦地说，老夫年逾五十，早已没有宏大志向，愿欣然拥戴大弟（指李密），以期攀鳞附翼。惟愿大弟早登大位，以安天下，以宁兆庶。李密得书之后，喜出望外，对将佐们说，唐公如此推戴，天下平定是指日可待之事。从此，李密终日陶醉在得意之中，计划着攻下东都后称帝，所以专意对付东都隋军，无心外略。不仅放过李渊，使他从容地进取关中，甚至还帮助李渊牵制隋军，为关中营建一道安全的屏障。

李渊所采用的就是推奖助骄上屋抽梯的谋略，以谦卑的言辞哄骗李密，使他在自鸣得意的昏昏然中放弃对李渊的防备，使李渊轻而易举地进取关中，奠定了基业，再回过头来对付李密。李密如梦方醒，为时已晚，被迫归降。

世民兴兵　计逼李渊

李世民机智、勇敢、办事果断，并且胆识过人。他看到隋朝末日已近，暗暗下定决心要夺取天下。为此礼贤下士，散布家资，以结交智勇之士，当时晋阳县令刘文静见李世民胸怀大志，确不一般，便与其结成生死之交。并向人赞曰：“此人人虽然年少，却是济世之才呀！”

李世民征突厥

当时正值刘文静因与李密联姻受株连，而被捕入狱。李世民前去探视他。刘文静叹道：

“现在天下大乱，不是一般人所能平定得了的。”李世民却反唇说：“怎么知道没有救世之才呢？只不过是没有人能认识罢了。我来看望你，并非出于儿女之情，而是要和你共同商议大事，不知您有何妙计？”刘文静说：“现在皇帝正在巡视江、淮一带，李密出兵围逼东郡，现有同伙将近万人。在这种时候，若能驱使驾驭他们，将会是夺取天下，易如反掌。再说我为晋阳令多年，认识其中的豪杰之士。一旦把他们招集起来，可以得到十万人。尊公你所掌握的兵马，还有几万。你有这么多人马，一声令下，谁敢不听从呢？以此乘机起兵进入关中，向天下发布号令，用不上半年的时间，帝业必成。李世民听后，感到刘文静分析得有理，就私下里部署宾客进行活动。但他还顾虑父亲李渊不同意这样做，便请托晋阳宫监裴寂将他的意图代为转告给父亲。

当时正值突厥人入寇马邑，烧杀抢掠，无恶不作。李世民抽空屏退左右人对父亲李渊说道：“现今皇帝不施人道，百姓遭殃，晋阳城外到处都是战场。父亲若是只坚顾守小节，下有贼寇作乱，上有国法严刑，过不久，咱们李家就要面临危亡了。莫不如顺应民心，大兴义兵，转祸为福，这是上天授给我们的良机呵！”李渊听了大惊道：“你怎么能说这样的话呢？”

第二天，李世民又劝说父亲道："如今盗贼遍布天下，大人受命讨伐逆贼，贼能杀尽吗？假设能尽数灭贼，则功劳高而得不到赏赐，处境就越发危险了。只有昨天所说的话可以免去灾难，这是万全之策呵！但愿大人不要疑虑。"

李渊叹息道："我昨天一个晚上都想着你的话，你说的很有道理。今日这事，听凭你去做，家破人亡由你，化家为国也由你。"李世民还怕父亲态度不坚决，告诉裴寂私下派晋阳宫人侍候李渊安寝。于是裴寂请李渊饮酒，喝到半醉的时候，裴寂又劝李渊："二郎私养兵马，想要图谋大业，是因我命宫人侍奉你，怕事情泄露一并被杀死。如今大家的意见一致，您的意下如何？"李渊说道："事情已经到了这种地步，还有什么办法呢！只好由他了。"李渊终于中了李世民的上屋抽梯之计。

当时刘武周已占据了汾阳宫，李世民又劝李渊说："大人身为太原留守，然而目前贼人已占据了离宫，如不早定大计当机立断，大祸就要临头了。"李渊于是命令李世民、刘文静、长孙顺德、刘弘基等各自招募兵马，仅十余天就收罗了近万人，同时又在河东秘密召见建成和元吉，在长安召见柴绍。其时隋将王威、高君雅见到兵马纷纷集中，怀疑李渊心存异志，因此就想兴兵讨伐他。李渊则抢先一步，设计擒拿了高君雅，将他斩首。又卑辞厚礼请求突厥始毕可汗帮助他起兵，始毕可汗答应了他的请求。在这一切准备就序之后，李渊于太原起兵反隋，终于夺取天下，建立了唐朝。

吐蕃贵族之战

唐会昌三年，吐蕃两个贵族集团论恐热与尚婢婢之间争权夺利。论恐热用压倒多数的兵力进攻婢婢。当论恐热部队驻在夏川时，尚婢婢派龙结心和莽罗薛吕两将率精锐部队五万人进攻。部队到河州以南地区时，莽罗薛吕带四万人埋伏于险要地带，龙结心带一万人埋伏于柳树林中，令一千骑兵登山，将辱骂论恐热的信绑在箭杆上，向论恐热驻地射去。论恐热见信大怒，亲率数万大军追击，龙结心佯败退走，并时而显示马已困乏，难以行进的样子。论恐热以为尚婢婢软弱可欺，紧紧追赶，结果进了尚婢婢设置的“口袋”，龙、莽两支伏兵突然发起进攻，切断了退路，两面夹击。当时大风刮得正猛，飞沙弥漫，河水漫涨，论恐热军大败，尸横遍地，河水中又淹死无数，只论恐热一人一骑逃归。

尚婢婢上屋抽梯；以论恐热的大败，结束了吐蕃贵族之战。

计败西夏

北宋初年，西夏人经常侵犯边疆。一次，西夏军队又来骚扰，渭州知州曹玮领兵出战，打败了敌人。看到西夏兵逃远了，曹玮命令士兵赶着敌人丢下的牛羊，抬着敌人丢下的辎重慢慢地往回走。西夏军队逃出几十里后，得到探马关于宋兵的报告，西夏主帅认为曹玮贪图财物，行动迟缓，队伍涣散，掉头袭击宋兵，必然大获全胜。曹玮听说西夏人又折了回来，仍叫部队缓慢行进。部下很担心地劝他说："把牛羊和辎重丢下吧，带着这些累赘，部队行动不灵活。"曹玮对这种劝告毫不理睬，直到走到一个地形有利的地方，才命令部队休息，等待敌人的到来。

西夏军队逼近的时候，曹玮派人通知西夏主帅说："你们远道而来一定很疲劳，我们不想乘人之危，请你们的人马先休息，然后咱们再开战。"西夏人已经筋疲力尽，听到曹玮这话异常高兴，都坐下来休息，过了好久，双方才击鼓交战，结果曹玮的军队毫不费力就把西夏人打得狼狈逃窜。

曹玮的部下对这次战斗轻易取胜感到难以理解。曹玮解释说：“我让大家赶着牛羊，抬着辎重，做出队伍涣散的样子，目的是为了诱骗敌人，把他们再引回来。敌人走了很远再折回来袭击我们，差不多走了一百里地。这时，如果我们马上开战，他们虽然很疲惫，但士气仍存，战局的胜负很难确定。我先让他们休息，走远路的人一旦停下来休息，就会腿脚肿痛，精神松懈，没有了战斗力，我就是运用这种上屋抽梯的办法打败西夏人的。”

既要“抽梯”，先要“置梯”。曹玮利用假象蒙蔽敌人，使其误以为胜利唾手可得，待其“上屋”，即放松警惕，精神松懈之后，再果断“抽梯”，痛歼敌军，所以没有不胜的道理。

可见，施展此计的关键在于放置好“梯子”，诱敌“上屋”。

李自成“投降”

崇祯七年（公元 1634 年），李自成率领高闯王统帅的农民起义军三万人掩护大部队撤退。因误入兴安（今陕西安康）附近的车箱峡，陷入官军的重围之中，三万人面临着覆没之灾。

这车箱峡位于黄河的上游，全长 40 里。两岸悬崖峭壁，无法攀登，只有峡底沿河一条小路可以通行。农民军入峡后，才发现前面早已被明军堵住，而后边又有追兵，农民军陷入重围之中。李自成将人马分成两路，在峡谷两端修筑工事，分别挡住明军的进攻，但却无法突围了。

明军几次进攻都没有成功，便不再攻了，只是堵住谷口，想把农民军困死、饿死。农民军的粮食吃光了，马匹也有一半饿死。而这时偏又赶上夏季连雨，找不到一根能燃着的干树枝，不仅马肉不能烤熟充饥，就连弓箭也被雨水泡软。农民军几乎失去了战斗力。

李自成召集手下的头领们商量。铁匠出身的刘宗敏说："不能困死在这儿，他娘的跟他们拼了！"李自成的侄子李过说："咱们的弓箭都不能用，怎么能冲出去呢？""那就白白等死？"首领们七嘴八舌，但也想不出好办法。只有李自成坐在一块大石头上，摸着下巴沉思，刘宗敏急了，问他："大哥，你别光愣着不吱声，你是咱们的头儿，你得拿个主意呀！"李自成站起来说："好吧，那就投降！""什么？"十几个首领齐声惊问。"哈哈！"李自成笑了，"别急嘛，我说的是假投降。"

于是，李自成派李过带着掳获的珠宝，出谷去见明军主帅。恰好五省总督陈奇瑜也赶到这里。原来他调集了 20 万大军，想一举消灭农民军。没想到却让农民军的主力跑掉了，只困住这三万人。他把李过传进帐中。李过道过姓名、身分后，没有说明来意，只把手中的包袱放到陈奇瑜案上。待包袱打开，陈奇瑜眼前一亮，只见包袱里全是晶莹闪耀的珍珠宝石。陈奇瑜一摆手，左右就把包袱收起来了。李过一看陈奇瑜把包袱留下，这才说明来意，要求解散归农。

陈奇瑜大喜，以为招抚了这三万人，是立了一大功，当即一口应允。于是农民军交出了武器，在陈奇瑜派的“安插官”的监视下，离开车箱峡，准备取道汉中，返回陕北家乡。

农民军赤手空拳、偃旗息鼓地走了几天，来到凤翔、宝鸡附近。夜里他们突然拿出暗藏的匕首等短兵器，将“安插官”全部杀死，重新举起义旗，接着攻破附近的麟游、扶风等七座县城。

李自成以“投降”为“上屋抽梯”之策，不仅拯救了三万人，还得到了七个县城。从此闯将李自成的声名大振。

段祺瑞重掌大权

袁世凯死后，各帝国主义为了争夺中国，各自寻找不同的军阀来充当自己在华利益的代理人。1917年2月，美国宣布对德国绝交，参加第一次世界大战，并表示给中国以“援助”，希望中国参战。以英美为靠山的黎元洪企图借助美国的援助来抵制亲日本的段祺瑞势力。日本则认为自己在华占优势地位，便怂恿段祺瑞政府参战，以趁机将中国的军事、外交置于自己的控制之下。美国发现日本要利用中国参战来扩大日本势力，于是改变态度反对中国参战。于是黎元洪的总统府和段祺瑞的国务院之间在参战问题上发生激烈冲突，即所谓“府院之争”。

5月22日，黎元洪在英、美帝国主义和直系军阀支持下，下令免去段祺瑞国务总理及所兼陆军总长职务。段祺瑞离京赴津，鼓动皖、奉系各省督军通电宣告独立，于6月2日在天津设立“独立各省参谋部”，与黎元洪的北京政权相对抗。黎元洪一筹莫展，便求救于拥兵徐、衮的效忠清室的复辟派张勋，以挽回大局。而段祺瑞也企图利用张勋，答应张勋驱逐黎元洪，复辟帝制，然后上屋抽梯，再以“反复辟”的名义打倒张勋，重掌大权。

6月7日张勋率五千“辫子军”北上，在天津与段祺瑞密议后，通电黎元洪解散国会。12日黎元洪在武力威胁之下下令解散国会。7月1日，张勋将12岁的溥仪重新扶上皇帝宝座，大封官爵，恢复帝制。复辟消息传出后，立即引起全国人民的强烈反对。

段祺瑞见时机已到，上屋抽梯，于7月3日组成“讨逆军”进攻北京。张勋的“辫子兵”一触即溃，张勋只身逃入荷兰使馆避难，其余复辟分子纷纷逃窜。溥仪于12日再次宣布退位，12天的复辟丑剧草草收场。段祺瑞以“再造民国”的“英雄”重新担任国务总理，虽然冯国璋代理大总统，但实权掌握在段祺瑞手中。

日本专使入绝地

1927年，国民党宁、汉、沪三方代表在南京召开了中央执监委员临时联席会议，决议成立国民党特别委员会，改组国民政府和国民党中央军事委员会。

蒋介石被汪系、桂系逼迫下野，一时失去权力。为了东山再起，蒋介石于9月29日东渡日本，寻求外援。

日本东京的樱花会馆。长袍马褂的蒋介石神采奕奕地走下汽车，前来参加日本政府为他举行的盛大的欢迎招待会。

在青天白日和太阳旗下，蒋介石与日本田渊外务大臣和情报部长小村等频频举杯，共庆“中日友好长存”。各界军政要人和社会名流也纷纷祝酒，祝东亚友情像日本的富士山那样，天长地久。

第二天，在日本首相府，蒋介石与日本首相田中义一、陆军大臣向川义则、参谋总长金井范三、参谋次长南次郎等人举行秘密会谈。

蒋介石背靠高帮椅，眼睛看着桌面上的茶杯，喃喃地说：“我此行日本的目的有三：一是巩固中日亲善友好；二是请求日本政府支持我的政权；三是要求贵国贷款四千万元，进一步加强中日两国之间的经济合作。”

田中首相端坐椅上，用手正了正领带，微笑着对蒋介石说：“委员长阁下访日，天皇陛下乃至敝国政府十分欢迎，刚才委员长所谈内容十分重要，敝国政府当尽力满足贵国要求。同时我国政府也请委员长注意，我们首先明确的是坚决反共的决心，是不能改变的，再是还请委员长考虑日本政府在满州地区的特殊权益。”

“至于日本在我国满州地区的特殊权益，我认为是完全可以考虑的。”蒋介石沉思片刻，“这要在我统一中国以后。我想，这是用不了多久的。”

“当然，当然。”田中首相十分高兴地说。

双方密谈结果，形成共识。一、蒋介石承认日本在中国满州有特殊权益；二、蒋介石坚决反共到底；三、日本政府支持蒋介石政权；四、日本借款四千万元给蒋介石。

会谈的密约共两份，蒋介石和日本政府各持一份，作为日后交涉的凭据。签署完毕，蒋介石遂携巨资登上专机返国，以图东山再起。

此后，日本政府多次找蒋，蒋介石总是说：“我讲的是要统一中国以后才考虑日本在满州的特殊权益吗，统一中国是先决条件。”而日本官方也因为密约系由少数人所签订，不便予以公布。

1931 年“九一八”事件前夕，日本少壮派军人积愤已深，蒋氏如再推诿，少数军人可能公布密件。日本内阁为检讨对华全盘政策，曾召集所谓“东方会议”以威胁蒋介石。迫不得已，蒋同意日本派代表来南京密商，但却声明，他所持文件在上海遗失，要日方带所签原件来中国。

民国 18 年 10 月 4 日，日本政府派驻华公使佐夫力贞男为专使，抵达上海。

在上海机场，日本专使受到了上海政府的隆重欢迎。

上海市长握着日本专使的手说："敝人受蒋委员长指派，前来欢迎专使阁下，请接受我们上海各界对专使阁下的一片敬意。"随后，两位漂亮的上海小姐向专使敬献了鲜花，一人挽专使一只臂膀，乘车向市内驶去。

云长攻拔襄阳城

在上海锦江大饭店，举行了隆重的欢迎酒会。上海各界的名流都出席了酒会，交际花轮番向专使一行敬酒献花。

"为了中日亲善，干杯！"

"为了东亚共荣，干杯！"

“为了天皇陛下和蒋委员长健康长寿，干杯！”

在轻歌曼曲中，酒宴结束了。

酩酊大醉的日本专使一行来到车站，继续向南京进发。车行至中途，所有日使均烂醉如泥，南京持务乘机将密件窃去。

第二天早晨，日使一行酒醉醒来，到日本大使馆整理行装，准备拜会蒋介石。

“专使，坏了！”负责保管密封箱的小林光信喊了起来。

专使赶紧跑了过来，“怎么回事？”

“密件不见了！”小林光信声音变了腔调。

“什么？”专使大惊。

“您看这箱子。”小林拿过密封箱。

密封箱上的三把锁已被撬开，铅封也不知去向，盖着外务省大印的封条也被扯开，专使打开箱子，里面空空如也。

“啊！”专使脸色骤变：“赶紧查找，不要声张。”

结果是一无所获，只好向国内汇报。国内回电：“谈判照旧进行。”

日本专使与蒋介石洽谈数日，自然毫无结果。

佐夫力贞男专使于11月29日回到日本，自觉无法交差，遂于箱根温泉旅邸吞枪自裁。

蒋介石就是这样运用上屋抽梯之计逼死了日本专使。

自此，日方不再提与蒋密件之事。

拿破仑大破俄奥联军

拿破仑挥师占领奥地利重镇维也纳后，准备与俄、奥联军进行决战。当时，法军有 7 万人，而俄、奥联军 9 万多人，并且普鲁士国已派出援助俄、奥的 10 万大军正向这里开进。面对这一险恶局面，拿破仑决定在普鲁士援军未到之前，就用速战速决的方式打败俄、奥联军。可是，尽管拿破仑率兵挑战，俄、奥联军不予理睬。

拿破仑为将敌人引“上屋”，精心“置梯”。他派人四处散布法国军队兵少力薄，疲备不堪的谣言。昏庸无能的俄皇亚力山大信以为真，全然不顾劝阻，自视俄、奥联军兵多势厚，可以稳操胜券，坚决要求改守为攻，与法军决战。拿破仑为了进一步促使联军就范，一方面命令前哨部队撤退，佯装惊慌失措的样子，一方面派出使臣向俄皇建议休战，进一步迷惑联军。俄皇大喜，立即命令向正在“撤退”的法军发起进攻。拿破仑将 1/3 的兵力部署在右翼，2/3 的兵力集中部署在中路和左翼。当联军开始进攻时，拿破仑故意把自己的右翼调开，伪装成兵力薄弱，不堪一击的样子撤退，以诱据守在普拉岑高地的联军主力追赶，从而使其拉长战线，分散兵力。愚蠢的俄皇马上命据守在普拉岑高地的联军主力追击“慌张撤退”的法军右翼。当联军主力撤下山后，拿破仑即令埋伏在两旁的 2/3 的主力部队以大纵深战斗队形，猛向联军部队的中央部分发起攻击，联军被拦腰斩断，“梯子”被抽去。法军仅用了不到两个小时，便粉碎了俄、奥联军的中央部分，攻占了普拉岑高地。

接着，拿破仑挥师从高地顺势而下横扫联军，联军左翼溃不成军，又无后退之路，被逼到结了冰的特尔尼茨湖面上。法军以重炮轰击湖面，冰层顿时塌隔，无数俄、奥联军连人带马葬身湖底。激战一天，联军被打死近 1.5 万人，被俘 2 万人，炮兵几乎全军覆没。俄皇连夜仓惶东逃，接着从奥地利撤去军队，奥国被迫议和，登订了《普勒斯堡和约》，丢掉了 1/6 的人口统治区。这次战役后，反法同盟迅速趋于瓦解。

巧破间谍

第二次世界大战期间，法国反间谍机关收审了一位流浪汉，此人自称是比利时北部的农民。法国一位被誉为“世界首屈一指的反间谍权威”的军官，通过流浪汉的体型、举止和眼神，断定他是一位德国纳粹间谍。为了得到有力的证据，审讯开始了。

“会数数吗？”法国军官提出了一个最简单不过的问题。流浪汉用法文颤颤抖抖地数着，没有丝毫破绽，甚至在说德话的人最容易说漏嘴的地方也没有一点差错。流浪汉被押回一间小屋，当他躺下睡觉时，屋外燃起火来。哨兵用德语大声喊：“着火了！”流浪汉照样睡着，没有任何表示。哨兵用法语喊：“着火了！”流浪汉才做出反应。法国军官找来一位农民，和流浪汉谈论起种庄稼的事。流浪汉侃侃而谈，耕种方法和当地习惯一模一样。看来，法国军官凭外观判断得到的第一印象是不能成立的了。

第二天，流浪汉又被押进审讯室，但显得沉着而平静。法国军官在认真审阅一份文件，阅毕，在文件上郑重签上字，然后突然抬起头，对流浪汉说：“好啦，你可以走了，你自由了。”流浪汉长长地松了一口气，象放下一个沉重的包袱。他仰起脸，露出了笑容，愉快地呼吸着自由的空气。然而，法国军官的脸上也露出了胜利的笑容，因为他对流浪汉讲的是德语，流浪汉表示听懂了，他的身份也就暴露了。

这位法国军官或许不一定意识到，他所使用的破敌绝招，正是“上屋抽梯”之计。德国间谍刚被收审，一举一动都保持着高度警惕，数次较量都不露破绽，自以为可以蒙混过关，放松了警惕之后，法国军官出其不意，用德语宣布释放，这些都是有意设置的“梯子”，故意给对手提供便利，唆使他懵然向前，引诱对手一步一步登梯上房——即放松警惕，待到走上屋顶的德国间谍情不自禁地松了一口气时，这把“梯子”也就被抽掉了，使其无法逃脱，置之于死地。

假戏真作　亚瑟下台

公元一世纪，斯里兰卡的王位传到了亚瑟手中。亚瑟是一个沉溺于酒色的浪荡王子，接位后整天在宫女们陪伴之下吃喝玩乐，过着奢侈淫逸的生活。他还经常出外以巡视为名，游山玩水。有一次他到玛黑央格那地区游玩，遇到了一个相貌和他极为相似的人。这人名叫苏伯。由于苏伯刚直倔强，聪慧过人，并且力大无比，亚瑟王对他十分感兴趣，把他带回宫中，并命他到家乡把妻室接到王都，分配他执行守卫宫门的任务。

不久，亚瑟王对宫中骄奢淫逸的生活感到腻烦。于是这个玩世不恭的国王想出了新花样：让苏伯戴上他的王冠，扮成国王坐在宝座上；他自己换上苏伯的衣服站在门口充当卫士。文武百官上朝见驾时竟然认假为真，向装成国王的苏伯三跪九叩，连呼万岁。退朝后两人才换回各自的衣服。这样的恶作剧使亚瑟王十分开心，他对苏伯也很满意，渐渐地两人关系比较密切，在没有第三者在场时，两个人可以无话不谈，没有一点顾忌。

他们俩在一起时，苏伯经常谈起他妻子，说她如何温柔贤慧，美丽动人。亚瑟国王本是一个色鬼，听了这番话，便产生了邪念。为达到他的欲望，他心生一计。一天他派苏伯到外省去出差。在夜深人静的时候，他就便衣出宫，悄悄地溜进苏伯的家中。不料，苏伯因故突然返回了都城。当他来到自己家门口时，隔窗看见屋里有两个人影在晃动。他屏住呼吸，靠近窗边，只听见屋里传来了一男一女的窃窃私语声。苏伯万万没有想到闯进他家中，勾引他妻子的竟是亚瑟王，而他妻子却又那么地趋炎附势。不一会他们两个黑影已靠在一起。

窗外的苏伯听了，实在按捺不住满腔怒火，他真想破窗而入，把亚瑟王砸个稀烂，可苏伯毕竟是个谨慎的人。他想，我何不先把他吓跑再想办法

庞令明抬榇决死战

呢？想到这里，他假装刚从外边回来，什么也不知道，来到屋前大声叫妻子开门。屋内正想偷欢的亚瑟王被这突如其来的事变吓得魂不附体，仓皇越窗逃回宫中。通过这次事情，苏伯更加看清了国王的狼心兽性。想到自己受到偷妻之辱，他决心忍辱负重，报此大仇。

主意已定。第二天，他便装着若无其事，仍旧到王宫履行守卫宫门的职责，对国王的态度也一如既往，丝毫没有表现出怨恨的情绪。过了一段时间，亚

瑟国王便真的以为苏伯对那件事没有察觉，也就放心了。他为了解闷，又叫苏伯和他一起表演那套恶作剧。

苏伯意识到时机已到，决心利用这次机会除掉亚瑟。他像往常一样和亚瑟换了衣服，各就其位。上朝时间一到，群臣来到宫中，双膝跪在国王的宝座之下，向万岁请安问好。在这庄严肃穆的气氛中，守卫在宫门的“卫士”——亚瑟，看到自己导演的这场滑稽戏演得如此逼真，高兴得不禁“噗嗤”笑出声来。大臣们回头一看，见是守门的“卫士”在讥笑圣上，齐声怒斥“卫士”无礼。

高居龙位的“国王”拍案而起，大怒道：“胆大的奴才，竟敢如此放肆！来人，枭首示众！”一员武将冲过去，手起刀落，把“卫士”的脑袋砍落在地。苏伯接着又警喻百官要尽职尽忠，不准玩忽职守。就这样，苏伯不仅为己报了仇，为民除了害，而且还当上了国王。

苏伯深蒙辱妻之仇，但他并没有冲动行事，而是忍辱负重，终于上屋抽梯惩处了国王，担起了治国大业。

审树

日常生活中如何识破贪婪狡猾之徒的真面目不是一件容易的事，然而他们正因为贪婪狡猾才更容易“聪明反被聪明误”而露出马脚。在这种情况下不妨效仿一下奥恰吉法官，先用耐心将其稳住，再巧妙地设置“梯子”，引诱其上屋，一旦发现破绽，立即抽梯，这种作法自有其实效。

印度塔个城的拉登拉尔和莫蒂拉尔是很好的朋友。有一年，莫蒂拉尔想到恒河边上的迦西朝圣，因怕家中的首饰被盗，便把首饰装在首饰盒里，在一棵杨树下把首饰盒交给拉登拉尔代为保管。半年后，莫蒂拉尔朝圣回来，向拉登拉尔索要自己的首饰盒，拉登拉尔竟矢口否认。莫蒂拉尔没有办法，只好拽着拉登拉尔去找奥恰吉法官。

奥恰吉是当地知名的法官，以断案公正、周密慎重而著称。奥恰吉听完两人的陈述后，对拉登拉尔产生了怀疑。但在没有任何凭据的情况下是无法判定拉登拉尔有罪的。于是，奥恰吉想出了一个主意。

奥恰吉煞有介事地向一个差人命令道：“你马上到那棵大树那里去，告诉大树，就说法官叫它来法庭作证。”大家止不住发笑，可奥恰吉却一脸严肃。良久，奥恰吉显得有些不耐烦了，说道：“这差人真磨蹭。哎呀，拉登拉尔，那棵大树离这有多远？差人该走到了吧？”拉登拉尔脱口而出：“没有到，老爷。那棵树离这儿有5里多路，差人现在还到不了那里。”奥恰吉听了，觉得调查已经完成了一半。他又看了看首饰清单，上面写着玛瑙、珍珠和宝石，故意对拉登拉尔说：“根据莫蒂拉尔写的清单，盒子里装有玛瑙、珍珠和宝石，还有四副大的银首饰，你说对吗？”拉登拉尔辩解道：“老爷，不到一尺长的盒子怎么能放下四副大的银首饰呢？这完全是谎话。”

这时，奥恰吉已完全明白了。他宣布说：“从拉登拉尔刚才的答话，可以说明他知道那棵他曾在下面接受过首饰的大杨树。他还知道盒子的长度和宽度，也知道盒子里只装了玛瑙、珍珠和宝石，没有装银首饰。这一切都证实他确实拿了莫蒂拉尔的首饰盒。拉登拉尔现在要把首饰盒物归原主，否则将受牢狱之苦。”

拉登拉尔见事情已经败露，只好供认不讳，并乞求奥恰吉给予宽恕。

智赚徐宁

《水浒传》中，呼延灼的连环马曾使梁山英雄丢盔弃甲、无法招架。吴用献计：为破连环马，须用钩镰枪；欲得钩镰枪，须去京师请来朝廷命官金枪手徐宁。但徐宁有职有官，有家有妻，请其落草为寇，谈何容易？于是汤隆献策：须设法盗得徐宁的祖传宝物雁翎甲。这个盗甲任务自然落到偷盗能手鼓上蚤时迁的头上。于是，以梁山英雄为一方，以徐宁为另一方，构成了计谋的主体与对象，围绕着雁翎甲的得失，展开了一场有趣而又紧张的斗争，这场智斗所动用的计谋便是“上树去梯”。而盗甲便成了计谋主体“选梯”的目标。汤隆是徐宁的表弟，他深知雁翎甲在徐宁心目中的地位，将它作为计谋工具——“梯子”，赚骗徐宁“上树”是最好不过了。待时迁盗甲得手，“选梯”过程已经结束，汤隆便“来者不善”地跨进徐宁家门，进行“置梯”的准备工作了。

徐宁自然不会怀疑这位表弟与盗甲有什么牵连，禁不住在他面前倾诉丢甲后的痛惜之情。而汤隆却也沉得住气，故作惊讶地问这问那，深表同情；紧接着，汤隆又在徐宁面前讲了一段真中有假，假中带真的亲眼所见之事，挑逗徐宁跟他一块儿去追甲。徐宁听到雁翎甲有了下落，犹如久旱逢雨，急于要随他同去追甲，这是汤隆既为“置梯”铺平道路，又将“梯”显示出来，让对手知道，这才是“示梯”过程。追甲是“置梯”的结尾，又是“上树”的前奏。徐宁随汤隆追到时迁，果然看见盛甲的红皮盒子，但盒内是空的。徐宁怒不可遏，攥住时迁不放，时迁说了一番假话，又作了一番保证，其目的是引诱徐宁“上树”。偏偏这时，铁扇子乐和扮成商贩，推着空车兜上前来，为徐宁“上树”创造了条件。等到空车将徐宁推到梁山脚下，再用酒药将他麻倒，送上梁山，完成“上树”过程。待徐宁一觉醒来，妻室儿女丫环全在梁山。这样一来，“梯子”已被悄悄抽去，雁翎甲虽已物归原主，但他再也回不去了。

徐宁的失甲、追甲、寻甲与得甲，恰恰对应着计谋主体的选梯、置梯、诱其上树及抽梯过程。其间，计谋主体并非定好计谋，只消“守株待兔”，而是从未间断地与对象在一起，共同努力完成实施过程。这里的对象是明的，已被主体了如指掌，而主体虽在明处，却是蒙上一层面纱，使对象不识“庐山真面目”，否则对象决不会“上树”，也谈不上“去梯”。主体的主观能动性已渗入计谋的每一个环节，它既要不断干扰、赚骗对象，又要随时纠正计谋实施时可能发生的偏差。也就是说，主体既要不断削弱和淡化对象头脑中隐含的危境思维，又要随时提高自身的应变能力，形成对对象的引导、统摄、分析和综合比较的思维能力。古今中外的军事、政治斗争常施用这一计谋，主体正义的群体或个人利用它来惩处一些无耻之辈，但一些邪念之徒也用它干些伤天害理的勾当，这就看动机和目的是否正当，动机不同，性质各异，目的邪恶，天理难容。

上屋抽梯　计除贝格

放置“梯子”有很大学问，对性贪之人，以利诱之；对莽撞之敌，设下埋伏使其中计；对于类似于布隆贝格这样的人，则通过给予生活上的鼓励和支持，诱其中计。因此在政界中，应当提防看似好意的诱惑，以免重蹈布隆贝格的覆辙。

希特勒在1935年自封为“德国领袖和总理”之后，变得更加独裁、专断，听不进任何反对意见。

当时任战争部长兼武装力量总司令的布隆贝格，是一位资深的元帅。1936年3月，希特勒命令德国军队进驻莱茵非军事区，布隆贝格表示反对。1937

年，希特勒宣布了侵占奥地利和捷克斯洛伐克的计划后，布隆贝格又提出了反对意见，认为这样做会导致英法的干涉。希特勒强压怒火平息了争论，暗地里下决心要除掉这个讨厌的战争部长。

希特勒的亲信、空军元帅戈林是布隆贝格的下属。他表面上讨好布隆贝格，实际上却与希特勒配合，准备让布隆贝格自己跳入陷阱。

布隆贝格时年 59 岁，但从未结婚。戈林得知他与一位出身低下的妇女关系密切，就极力促成他们的婚姻。当时第三帝国对高级军官择偶有严格规定：出身低下的人不宜做高级军官的配偶。戈林巧舌如簧，劝布隆贝格打破旧习与成见，认为像布隆贝格这样资深的元帅在婚姻问题上不应受到规定的限制。在戈林的反复劝说下，布隆贝格决定结婚。

在布隆贝格结婚几天之后，戈林就在军官中散布说：布隆贝格的太太出身太坏，做战争部长的配偶极不合适。消息在军队中很快传开，一时间弄得满城风雨。这时希特勒开始向布隆贝格施加压力，说他既然选择了这样的配偶，便不足以为部下的表率，希望他妥善处理此事。此时布隆贝格别无选择，只有辞职一条路可走。这样，希特勒与戈林密切配合，运用上屋抽梯的计谋，除掉了一名与自己意见相左的高级军官。

假之以便　唆之使前

1976年6月6日，伦敦豪华的萨顿宫中央大厅放着一具橡木棺材，世界头号富翁——琼·保罗·格蒂疲倦地躺在棺中。紧闭的嘴唇依然封闭住复杂的内心世界，微睁的蓝眼睛仍似看透一切地面对着冷漠的人生。

格蒂富有而又吝啬，60亿美元的遗产使儿孙个个都成为大富豪，却在萨顿宫中为客人和工作人员专设收费电话。他有父母、子孙，却极为孤独，一生几乎都在和亲人进行毫不留情的斗争。他有不少情人，给每个人都有馈赠，都没有一个终身相守的美女，5次结婚5次离婚。他在庞大的石油王国里是至高无上的君主，却20年不到公司总部视事，用流浪式管理作无微不至的遥控。他令竞争对手憎畏，却又使对手说不清他是怎样的人。

1892年，在明尼阿波利斯市的一个律师的家中，乔治怀抱着刚刚出生的儿子，望着疲惫的妻子，高兴地说："我们的儿子，就叫他格蒂吧！"孩子的母亲微笑着点点头。40多岁的乔治望着儿子红红的小脸蛋，欢喜得不知道怎么好。

20 年后，格蒂进了牛津大学，他性情十分孤独，学业不佳，四处游荡。父亲为了使他勤奋学习，下了很大的功夫，但格蒂照样不务正业，获得英国名牌大学文凭后，向父亲要回自己有限的资金，只身来到格尔萨开始了石油冒险。他把注意力放在了各大公司忽略的地区，果然发现了两块大油田，顺利地做成几笔租地转手买卖后，他创起几家小石油公司。日历还未翻过 1906 年，24 岁的格蒂已当上了百万富翁。

1930 年，格蒂的父亲——美国洛杉矶首富乔治去世。格蒂望着棺中的父亲，心中一阵阵恼火。乔治在生前的遗嘱中写明：遗产 1000 万美元归格蒂的母亲萨拉所有，家族公司三分之二的股权由萨拉为首的委员会监管，公司的董事长由格蒂接管。格蒂对父亲只留给自己有限的管理权十分恼怒。他决心摆脱美国超级石油公司的支配和压榨，形成从原油开采到提炼、运输、出售的系列经营，气一气冥冥之中不信任自己的父亲。

格蒂为做成石油帝国之梦，冷酷阴毒地对员工们实施了上屋抽梯之计，他指示以资金短缺为由，解雇所有工人，真所谓“断其援应，陷之死地”。在工人生活无着之际，他又“假之以便，唆之使前”，用极低的工资再把工人雇回来，强迫他们卖命工作。他利用血腥剥削的剩余资金再次向下一目标冲击。终于在1931年底一举控制了太平洋石油公司，那年他39岁。

关云长刮骨疗毒

在机场通往市区的公路上，高大的椰树从车窗飞驰而过，格蒂坐在他的高级奥特轿车里，驶向王宫，去晋见沙特国王。

望着车窗外的热带丛林，格蒂又在精心盘算着他的宏伟计划。二战后，美国经济飞速发展，石油需求量直线上升，然而国内的两大产油地得克萨斯和俄克拉荷马已被各大公司分割一空。甚至中东产油区也被世界石油“七姐妹”瓜分完毕。此时，格蒂把眼光盯住了波斯湾以西2200平方英里的不毛沙漠。这里北接科威特，南邻沙特阿拉伯，是块边境线模糊的“中立区”。只是因为出油把握不大，世界几大石油公司才没有起劲地争夺开采权。此时，格蒂望了望自己的手提箱，里面放有美国最有权威的地质学家对这块沙漠之地出油情况的预测，而格蒂也把这种判断当做赌注，义无反顾地争夺开采权。来沙特之前，他的智囊团已为他制定了全套的上屋抽梯之计。

汽车驶进了王宫，宫廷侍者将格蒂引入内殿。

国王十分热情地接待了格蒂。

格蒂请求国王允许他开采石油，“我可以先将800万美元的订金献给国王，再付给沙特政府950万美元的现金。今后不论这块土地上能否开采出石油，我都每年支付给贵国100万美元，如果开采出石油我付的每桶开采费是其他公司的一倍半。”格蒂走出了第一步，即“假之以便，唆之使前”。

沙特国王听后微笑着说：“格蒂先生的计划我很感兴趣，但至于我的国家允许谁来开采，我们还要权衡后再定。”

“亲爱的殿下，”格蒂笑着说：“我还有一个计划是献给沙特人民的，我愿为贵国人民修建几项永久性社会设施，还可以培训技术人员，以此作为我与贵国友好的诚意。”此时，格蒂使出了对其他竞争者“断其援应，置之死地”的第二步。

国王十分高兴，“格蒂先生，请你参观一下我的美丽的国家，至于您的请求，我想是会得到满意的答复的。”

1948年底，沙特阿拉伯政府正式通知，将旷日持久的开采权争夺战的胜券授给了格蒂。雄心勃勃的格帝立即定下了50年代末成为世界首富的规划。

贪婪使人疯狂，疯狂叫人铤而走险。荒漠开钻整3年，滴油未见，一份份失败的报告使格蒂躁动不安，他夹着公文包奔波于无迹荒野，指挥掘井开钻。

在高高的钻井旁，格蒂身着工作服，满脸油垢地仰天躺在灼热的沙土上。汗水湿透了衣服，耳边只有钻机的隆隆声。

“这口井钻了有多深了?”格蒂问。

大胡子的总监举起茶杯喝了口水，说：“已经钻了3480英尺了。”

格蒂坐起身子，一拳砸在身边的沙土上，大声喊道：“继续钻!”

这时，从钻台上跳下一名钻工，一边往这边跑，一边喊：“出油了！出油了!”

1953年，美国《幸福》杂志爆出特大新闻：“格蒂在中立区有了伟大的、历史性的发现！他的第六口井终于在3482英尺深处见到了含油沙层!”

当月，格蒂公司股票每股从23美元翻到47美元。顷刻之间，格蒂的财富增长了一倍多。

此后，格蒂的原油源源不断地涌进美国。他扩建了炼油厂、加油站，还购置了超级油轮，成了真正的石油大王。

1957年10月，一向默不作声的格蒂突然在《幸福》杂志上向全世界宣布：个人拥有纯财富已达10亿美元；超出了名噪一时的洛克菲勒家族、杜邦家族以及肯尼迪、丹尼尔、路德维格等家族。”

他终于实现了全球首富的梦，也为长达20多年的上屋抽梯的计划打上了一个圆满的句号。

第二十九计　树上开花

【原文】

借局布势，力小势大。鸿渐于陆，其羽可用为仪也。①。

【注释】

①鸿渐于陆，其羽可用为仪：语出《易·渐》卦："鸿渐于陆，其羽可用为仪，吉。"鸿，大雁。渐，前进。仪，容止、仪表。原意是鸿雁离开陆地，飞上天空，其羽毛可增强其翱翔声势。

【译文】

借其他局面布成有利的阵势，虽然实际兵力弱小，但外部阵容显得很强大。解语中的"鸿渐于陆，其羽可用为仪也"，是引自《易经·渐》卦。它的意思是说：大雁虽小，但在天空飞翔，横空列阵，凭着它们羽毛丰满的双翼，却很威势。这里是用它来比喻兵力虽然弱小，但借助外部条件，虚布强大阵势，可以以此慑服敌人。

【按】此树本无花，而树则可以有花。剪彩粘之，不细察者不易觉。使花与树交相辉映，而成玲珑全局①也。此盖布精兵②于友军之阵，完其势以威敌也。

【注释】

①玲珑全局：玲珑，精巧的样子。这里指经过精巧雕琢，成为一个维妙维肖的整体。

②精兵：这里指小而精的兵力。

【译文】

这棵树本来没有生长花朵，但是可以使它有花的。把彩色绸绢剪成花朵粘在枝上，不仔细察看的人就不容易发觉。让美丽的花朵和树枝互相衬托放出光彩，造成巧妙逼真的完整局面。这里是指：把精锐部队布置到友军的阵地上，造成强大的声势以慑服敌人。

【计名探源】

树上开花之计，是由“铁树开花”转化而来，喻指事物绝对无法办成之义。此是指树上本无花，但可以用彩色的绸子扎成花朵粘在树上，做得和真花一样，不仔细去看，难辨真假。此计用在军事上，指的是：自己的力量比较弱小，却可以借友军势力或借某种因素制造假象，使自己的阵势显得强大。也就是说，在战争中要善于借助各种因素来为自己壮大声势。无人不知张飞是一员猛将，而他却是一个智勇双全的大将。刘备起兵之初，与曹操交战，屡次失利。刘表死后，刘备在荆州，势孤力弱。这时，曹操领兵南下，直达宛城，刘备慌忙率荆州军民退守江陵。由于老百姓跟着撤退的人太多，所以撤退的速度非常缓慢。曹兵追到当阳，与刘备的部队打了一仗，刘备败退，他的妻子和儿子都在乱军中被冲散了，刘备只得狼狈败退，令张飞断后，阻截追兵。

张飞手下只有二三十个骑兵，无法抗衡曹操的大队人马！但张飞临危不惧，临阵不乱，顿时心生一计，他命令所率的二三十名骑兵都到树林子里去，砍下树枝，绑在马后，然后骑马拖着树枝在林中飞跑打转。张飞一人骑着乌锥马，横着丈八长矛，威风凛凛站在长坂坡的桥上。

追兵赶到，见张飞独自立马横矛站在桥中，十分奇怪，又看见桥东树林里尘土飞扬，追击的曹兵马上停止追击，以为树林之中定埋伏有大队人马。张飞只带二三十名骑兵，阻止住了数万的曹兵，让刘备和荆州军民顺利撤退，靠的就是这“树上开花”一计。

【评语】

“树上开花”原意为本来不开花的树突然开了花，含有新奇之意，是从“铁树开花”转义而来。此计用在军事上，是指：当自己的力量比较弱小时，可借助友军的势力或其他有利因素，来壮大自己的声威，从而慑服敌人的计谋。

古人认为，这棵树本来没有花，但也可以使它有花。把五彩丝绸剪成花朵粘在树上，粗心的人便难以分辨真假。让花朵与树干交相辉映，造成巧妙逼真的局面。这指的是：把主力配备到友军的阵地上，从而形成强大的阵容以慑服敌军。

【战例】

檀道济脱重围

公元420年，宋武帝刘裕在南方建立宋朝，过了十九年，北魏太武帝统一了北方。从这时始，形成南北两个王朝对立的局面。以后一百五六十年的时间里，南朝换了四个朝代，北魏分裂为东魏、西魏，后又分别被北齐、北周代替，史称这段时期为南北朝。

宋武帝做了两年皇帝就病死了。其子宋文帝即位后，北魏渡过黄河，大举攻宋，欲夺取宋黄河以南的大片土地。宋文帝派檀道济率军抵抗。

一次，北魏兵进攻济南，檀道济亲率将士到济水边，二十多天和魏军打了三十多仗，宋军节节胜利，一直追到历城。

蒙冲溯渭

檀道济居功骄傲起来，防备开始松懈。魏军乘机用两支轻骑兵前后两翼突袭，烧了宋军的辎重粮草。

檀道济的军队由于军粮奇缺，后继无援，准备从历城撤退。

宋军中有一兵士投降魏

营，把宋军缺粮的情况告诉了北魏首领。北魏派出大军追赶檀道济，想围困他们。

宋军将士看到气势汹汹包围过来的魏军，十分恐惧。檀道济却十分镇静，命令将士就地扎营休息。

当晚宋军军营灯火辉煌。檀道济亲自带领一批管粮的兵士，在营寨里查点粮食。这一情景被人告知魏将，说檀道济营里军粮绰绰有余，若与之决战，定败无疑。

其实，魏将中了檀道济的计。檀道济军营里只有少量白米，其余都是沙土。

天色发白，檀道济命令将士戴盔披甲，自己穿便服，乘马车，大模大样地在路上慢慢移动。

魏将不知道檀道济弄什么玄虚，始终不敢贸然进攻。

檀道济就这样运用“树上开花”之计，以其镇静和智谋，安全回师。此后，北魏不敢轻易进攻宋朝。

檀道济在宋武帝和文帝两代，多次立功，引起权贵的忌妒和猜疑。

一次，宋文帝生病，宋文帝的兄弟文康和心腹盗用宋文帝名义下诏，诬陷檀道济谋反，判处死罪。

檀道济被杀的消息传到北魏，魏将互相庆贺，说：“南方再也没有让我们害怕的人啦！”

后来，宋文帝十分后悔。有一次，北魏大军打到江北，宋文帝感慨地说："檀道济如果在世，就不会让胡骑横行到如此地步了！"

张飞退曹兵

三国时期，曹操领兵分八路进攻樊城，为保城中百姓，刘备只得弃城而去，不幸与幼子阿斗失散。大将赵子龙于千军万马中救出幼主，直穿曹军重围，望长坂桥而去，后面曹将文聘率军穷追不舍。

赵云来到桥边，已是人困马乏，忽见张飞挺矛立于桥上，率领二十余骑前来接应。张飞让赵云先走，眼见曹军成千上万的兵马杀将过来，心生一计。他命所有士兵到桥东的树林内砍下树枝，拴在马尾巴上，然后策马在树林内往来驰骋，冲起尘土，使人以为有重兵埋伏。曹将文聘率军追到长坂桥，见张飞倒竖虎须，圆睁环眼，手持长矛，立马桥上。又见桥东树林之后尘土大起，疑有伏兵，便勒住马，不敢近前。不一会儿，其余将领也都赶到，见此情形，都怕是诸葛亮用计，谁也不敢向前。于是有人飞报曹操。

张飞立于桥上，隐隐约约见后军有青罗伞盖、仪仗旌旗来到，知是曹操亲来阵前查看，心中一急，怒声喝道："我乃燕人张翼德，谁敢来与我决一死战？"声如巨雷，吓得曹兵两腿发抖。

曹操赶紧命左右撤去伞盖，环视左右将领，说："我以前曾闻，张飞能于百万军中取上将头颅如囊中取物。今天遇见，大家万万不可轻敌。"

曹操话音刚来，张飞又大声喊道："燕人张翼德在此，谁敢来决一死战？"曹操见张飞如此气概，又怕中诸葛亮的计策，自己已是心虚，准备退军。张飞见曹军阵脚移动，又大吼一声："战又不战，退又不退，却是何故？"喊声未绝，曹军一员大将夏侯杰惊得胆肝碎裂，坠马而死。曹军将士调转马头，回身便跑，一时间人如潮涌，马似山崩，伤者无数。张飞见曹军退去，不敢追赶，率二十余骑士兵，拆断长坂桥，回营交令去了。

"树上开花"这一计策的运用，既可指借他人的力量增强自己的实力，也可指借某种因素制造假象迷惑他人。

在此例中，张飞制造了伏兵假象，辅以自身的威猛，一举吓退曹军，正是"树上开花"这一计的妙用。可见张飞并非有勇无谋的大将。

寇准定下御敌策　借助皇威退辽兵

宋朝北与辽朝接壤，经常处在辽军入侵的威胁之下，宋人对辽颇有畏惧之心。宋真宗时，辽军再次大举南下，兵临澶州城下。边境将领驰书告急，一夜之间竟达五次。但是，这些告急文书都被寇准扣住不发。皇帝闻知，大为惊骇，召寇准责问。寇准回答说："陛下若想了结此事，不出五天定见分晓。"皇帝问如何了结，寇准请皇帝御驾亲征。朝臣们一听，知事体重大，心生恐惧，纷纷准备退朝，以免皇帝怪罪。寇准不让大家走，让大家侍候皇帝起驾出征。皇帝不想亲征，又不好说出口，便说回宫思考一下，寇准说："陛下一入深宫，臣见到您就难了，国家安危大事如何收拾，还是不走为好。"大臣毕士安也力劝皇帝接受寇准的建议，皇帝只得暂且应允。

宋朝上下都知辽军厉害，皇帝虽答应了亲征之事，却心里犯难，有些朝臣为身家性命着想，更惊恐不安，极力阻止亲征。临安（今浙江杭州）人王钦若请皇帝暂避金陵（今江苏南京），阆中（今属四川）人陈尧叟则请皇帝暂往成都。皇帝犹豫不决，同寇准商议，寇准说："谁为陛下出此下策，其罪当斩。陛下神武英明，将士团结和睦，倘御驾亲征，敌人必闻风丧胆，落荒而去。纵使不亲征，或出奇兵挫败敌人的计谋，或坚守阵地疲劳敌兵，此皆能稳操胜券，何必弃宗庙社稷而远走金陵、成都？真这样做，必人心涣散，上下解体，大宋江山危矣！”听了这话，皇帝觉得甚是有理，亲征的信心坚定起来。

皇帝一行抵达澶州，远远望去，辽军阵营整齐，声势浩大。随行大臣们都惶惶不安，请求皇帝就地驻扎，不要过河，寇准一再坚请说：“陛下如不毅然渡过黄河，那么我军人人自危，而敌军却不会受到震慑，这不是取威决胜之道。况且我方王超率领精兵屯于山中，扼住辽兵的咽喉，李继隆、石保吉分兵以掣辽兵左右肘，四方援兵陆续到来，为何迟疑不敢前进？”高琼也一再坚请渡河，还指挥卫士赶快准备好车辇。皇帝无奈，率众人渡过黄河，来到北城的门楼之上。远近的宋军望见帝辇的华盖，士气高涨，欢呼万岁，其声音数十里外都能听到。辽军见宋军士气高昂，颇为惊惧。

皇帝将军事大权委与寇准，寇准号令严明，处事果断，士卒对他很敬畏佩服。不久，辽军数千骑兵逼近城下，寇准命令士卒出击，斩杀俘虏了辽兵大半。辽军损失惨重，只得退去。皇帝返回宫，留寇准在北城之上坐镇指挥。过些时候，皇帝派人去看寇准在干什么，只见寇准正与别人饮酒下棋，歌声、戏谑声、欢呼声，不绝于耳，根本不象面临强敌的情形，倒象是在游山玩水。皇帝得知，非常高兴，说："寇准如此从容镇定，我还担忧什么呢？"寇准的行为既使皇帝放下心来，也大大稳定了军心，增强了大家的胜利信心。

辽朝见军事上占不到什么便宜，就想通过谈判获得些利益。于是派遣大臣韩杞同宋以前派往辽的使臣曹利用一起前来请求结盟，让宋朝把关南的土地割让与辽。皇帝说："割地之事，毫无道理。若辽坚持割地，只有决一死战。若只是索要金银玉帛，倒对朝廷大体无甚伤害。"寇准一听，力加劝谏，他反对以银帛求和，还建议让辽向宋称臣，并向辽索要幽、蓟二州之地。他说："必如此，才可保边境百年无事，不然，数十年后，他们又起贪心了。"皇帝不听，想尽快结束对峙状态，命曹利用前往辽军议和，说："实在不得已，每年给辽百万钱亦可。"寇准闻知，把曹利用召到帷幄之中，说："虽有圣旨，你答应辽的岁币不得过三十万，否则我就杀你的头。"曹利用知寇准之言非儿戏，在谈判桌上极力坚持，辽见宋军士气旺盛，一时无隙可乘，也不敢强求，最后双方达成协议，辽与宋约为兄弟之国，尊宋帝为兄，宋每年给辽白银十万两，丝绢二十万匹。和约定后，辽军北还，安境复安。

辽是宋的宿敌，时时刻刻威胁着宋的安全。宋太宗时，攻灭辽所扶植的北汉，便乘机进击，包围了辽南京（今北京）。但在高粱河（今北京西直门外）之战中，宋军遭到惨败，宋太宗仅以身免，乘驴车仓皇南逃。从此，宋军不敢北进，而辽军却时时南下，宋军很惧怕辽军。这一次辽军大举进攻，其势汹汹，宋朝朝野震惊，大多数人有惧战情绪。但从实力上看，宋朝地大物博，兵力众多，并非不堪一击，辽军若想长驱直入，确也不是一件易事。应该说，宋朝之处于劣势，重要的不是实力上的劣势，而是心理上的劣势。因此，面对辽军的攻势，宋朝中央政府必须冷静镇定，稍有不慎，轻则丧师失地，重则国破家亡。在这危急存亡之时，寇准力促皇帝出征。皇帝亲临前线，虽不能冲锋陷阵，却极大地鼓舞了士气，守军虽还是那些人马，但两军相逢勇者胜，无形中增强了许多战斗力，辽军突见宋帝亲临，士气高昂，内心惊惧，无形中削弱了战斗力。寇准面对强敌，丝毫不惧，饮酒奕棋，谈笑自若，也有利于安定士卒，增强信心。“借局布势，力小势大”，寇准运用树上开花之计，使皇帝权威这一“虚”的力量与前线守军这一“实”的力量结合起来，借用皇帝权威这一因素增强守军的威势力量，大获成功。最后虽未能劝住皇帝不向辽输送银帛，毕竟保住了宋朝北方领土，将损失控制在较小的限度内。

虚构的第 4 集团军

1944 年 3 月 2 日，正在潮湿多风的约克郡沼泽地讲评军事演习的英军军官麦克劳德，收到了一封紧急电报。这份从英军最高司令部直接发出的电报，只有短短的一句话：“立即到诺福克大厦最高司令部报到。”麦克劳德收到电报，心中一阵惊喜：会不会是上司看上了自己，准备让自己在即将到来的作战中扮演一个“比较重要”的角色呢？麦克劳德的最大愿望，是成为一个步兵师的师长。然而，由于他“官运不好”，这位参加过第一次世界大战的老兵，却始终未能如愿。

麦克劳德一到诺福克大厦的英军最高司令部，就立即被告之，在未来的几个月里，他将得到一个非常重要的职务——指挥英国第 4 集团军。指挥一个集团军，这是一个远远比步兵师师长大得多的官。然而，麦克劳德听到这个惊人的决定却一点也没有感到高兴，因为在英国陆军中根本不存在第4集团军！稍后，英军特种战委员会的理查得·巴克将军向他进一步交待了任务："罗里，你已被选中负责从苏格兰司令部实施最高司令部的一项欺骗行动的计划，你得去一趟爱丁堡，在那儿，你将代表一支实际上并不存在的部队，然后，利用无线电台愚弄德国人，发出一些假电报使他们相信这支部队真的存在，要使他们相信这支部队在挪威登陆，把德国人从那里清除出去。这件事对即将开始的解放法国的作战十分重要。你一定要把德国人拴在挪威，使他们无法从那里向法国增援。……这是至关重要的一着，绝对不能失败。"

接受这样的任务，就意味着自己参加作战的愿望永远破灭了。然而，麦克劳德毕竟是一位不折不扣的军人，听完了巴克将军介绍的情况，他没有提出任何异议，而是立即登上了去往爱丁堡的夜班火车，走马上任，去指挥这个并不存在的第4集团军。

其实，麦克劳德新接受的这个任务并不轻，其重要性更如巴克将军所说，远非一个步兵师所能比拟。因为麦克劳德现在所要做的，正是为顺利实施诺曼底登陆战役而精心制定的一系列战略欺骗中的最重要的部分——"北方坚韧"计划。

1944年1月，英、美军的高级将领们在研究实施诺曼底登陆战役，在欧洲开辟第二战场的计划时认为，要顺利地实施诺曼底登陆战役，必须设法做到两点：第一，迫使希特勒把他的力量分散于欧洲各地，使德军在诺曼底缺少足够的兵力来挫败登陆行动；第二，通过干扰和破坏德军的通讯、情报、后勤和行政系统，迟滞德军对登陆做出反应。为此，英军特种战委员会拟定了一项代号为“卫士”的极其庞大、复杂的欺骗计划。“卫士”计划中规模最大，目标最宏伟的计划，被命名为“坚韧”计划。这项计划的着眼点，是要把多达90多个师的德国陆、海、空军以及大量的军需供应牵制在远离诺曼底的地区。而“坚韧”计划又有两个组成部分，其中之一，就是麦克劳德负责实施的“北方坚韧”计划，这个计划的目的，是用各种特殊手段诱使希特勒相信，拥有35万人的英国的第4集团军——这支从来就不存在的部队，正在苏格兰进行集结，并将配合美国第15军和另一支实际上也不存在的苏联军队，准备在1944年的夏季向挪威发动大规模的进攻。这样，迫使希特勒把他部署在丹麦、挪威和芬兰的27个师滞留在原地，坐等英、美、苏军的联合进攻。英国特种战委员会之所以选中麦克劳德来负责实施“北方坚韧”计划，是因为委员会中的一位委员在挑选该项计划的负责人时，想起了他读过的一篇军事论文，这篇论文写的是成吉思汗征服从广州到布达佩斯近半个世界所使用的战略和策略。而这种战略和策略同现在正着手进行的整个欺骗计划有着惊人的相似之处。这篇论文的作者——显然是对这种战略和策略颇有研究的人，正是麦克劳德。

麦克劳德一到爱丁堡，就立即开始集结他的“第4集团军”的工作。两天后，他的集团军司令部建立起来了。稍后，两个年纪较大的少校军官和6个下级军官在斯特林成立了一个“军”；另几位军官又在敦提建立了第4集团军所属的另一个“军”。到第4集团军移驻英格兰东部准备“进攻”加来海峡为止，它已经有了2个统辖有部队的军司令部，1个空降师，4个步兵师，1个装甲师，1个装甲旅，共计25万多部队，350多辆坦克和装甲车，并备有自己的战术空军。只不过所有这一切，都是由不足一个营的兵力和20余名军官扮演的罢了。

既然有了这么多的“部队”，当然要有部队的行动。麦克劳德知道，展示部队行动的最省力、最有效的方法，就是无线电发报。因为德国的无线电报侦听和无线电定位的本领高得出奇。他们能非常精确地测出无线电台的位置。最大误差不会超过 5 英里。而且前后不过几个小时就可完成这样的任务。此外，德军的无线电侦听人员，可以根据电报的性质、发报频繁程度及发报设备判断出司令部的级别。所以麦克劳德指示他的各“军”各“师”开始编造并互相拍发电报。

从 1944 年 4 月开始，在苏格兰的上空，便可以经常接收到密码电报、明码电报及无线电电话的信号。从这些信号中，不难分辨出哪些信号是“营”发出的、“旅”发出的或者是“师”、“军”、“集团军”发出的。而且从电文中，也不难得出盟军即将进攻挪威的结论：如“步兵第 10 团的史密斯上尉准备立即向艾维埃莫尔报告滑

三十六计之树上开花

雪训练的情况……”，“第5军吉普车连需要发动机在低温高寒情况下工作的使用手册。……”，“第7军要求立即派来早已同意派出的那些讲授比尔格山岩攀登法的教官。……”等等。像这样的电报，清楚不过地表明英军下一步行动的地区，将是一个寒冷、多雪的地区，即挪威。更何况有些加密的电文，已经明白地指明了地点呢！

正像麦克劳德所知道的那样，德军很快就测出了第4集团军电台的位置，还破译了大量的电文。然而，德国的情报机关也不是这么容易就上当的，因为利用无线电进行欺骗毕竟是英国人的拿手好戏。因此，德军并没有轻易地得出结论，而是又派出两名间谍，进行实地调查。但这两名间谍刚刚来到“第4集团军”驻地附近，就被英军逮捕，并被迫开始向德军情报机关提供假情报了。而这两名间谍提供的情报，无疑都证实了无线电侦察中得到的消息。

除了无线电欺骗之外，新闻媒体也被充分地利用起来了。当地的报纸刊登了一条关于“第4集团军足球比赛”的新闻；英国广播公司苏格兰广播电台还广播了一篇第7军“随军一日”的报道。还有些报纸则报道了“第2军”的管乐队的爱丁堡演出以及“第4集团军的一名少校同第7军的一个女辅助队员结婚”

的新闻。在挪威的英国间谍也不甘寂寞，开始不断地向国内报告情况：如挪威哥伦山脉的积雪有多深，翁达尔斯内斯附近劳马河上的桥梁可以通过中型坦克；德军第 7 步兵师山地部队都有些什么高山装备等。英国情报机关也在不断向他们的间谍发出指令，要求他们了解“德国的登山部队在雪原上能否日行 20 英里”；报告“德国登山部队是否已经研制成功了用以提高他们的类似芬兰卡累利阿气候条件下的特殊服装。”

与此同时，大量的“军事装备”也开始在苏格兰地区集中了。苏格兰地区开始扩建、整修机场，随后则出现了数百架双引擎战斗机，当然，这些飞机都有重兵把守，闲人不得靠近。因为人们一旦靠近，就不难发现，这些造型逼真的飞机，都是木头做的。数以百计的战舰也已集结在苏格兰沿岸。这些战舰倒都是真的，不过，之所以把它们集结在这里，只不过是亮亮相而已，过不了多久，这些战舰就将神秘地消失——去参加真正的登陆作战。

要实施大规模的进攻作战，战前的小型军事行动也是必不可少的。因此，尽管麦克劳德手下的兵力不过是一个营左右，但他还是组织了一系列作战：一股股小分队，甚至是一两个人，向德国的卫戍部队、工业设施进行了许多次大胆的、带有大战前的侦察性质的袭击。而且这些袭击，取得了惊人的成果：一次代号为“射箭术”的行动，一个英军的小组炸沉了敌方1.5万吨舰只，炸毁了一座炼油厂和许多其他设施。“马多尼斯”行动，英军用水下爆破弹击沉了2艘德国轮船和载有1200多名德军的运输船。至于被炸毁的工厂、矿山就更多了。这些活动，把德军搞得惶惶不可终日。

为配合麦克劳德的“第4集团军”行动，英国的海军、空军也在情报机关的协调下行动了：英国的本土舰队从斯卡帕弗洛出动，在诺卡普和斯卡格拉克之间故意寻衅。英国皇家空军和美国空军增加了对芬马克上空的照像侦察飞行次数。苏联潜艇也佯做侦察佩萨莫周围的姿态。这些行动，更加深了德军一种错觉：在斯堪的纳维亚，一场重大的军事行动已经迫在眉睫。

散布谣言，在特定的情况下，往往会收到意想不到的效果。随着这场欺骗行动的逐步展开，麦克劳德又将目光转到了当时的中立国瑞典，在瑞典展开了一场以制造谣言为主要手段的欺骗。一时间，在瑞典到处都流传有关英、美军事行动的谣言：如“美、英的军事工程师正在调查瑞典火车和路基的负载能力，这些调查与盟军拟从挪威向波罗的海运送装甲部队有关”；“英国的空军在视察瑞典国用机场的跑道和停机坪”；“西方国家正在为盟军就德国波罗的海海岸对面的哥得兰、厄兰德等地的过境权和使用港口设施进行谈判”等等。甚至有人劝说瑞典公民修筑防空掩体、储备食品、木柴和汽油等。就在谣言越来越多的时候，瑞典的证券交易所又传来了新的消息：伦敦和纽约股票投机商们正在大量买进长期以来一直不景气的斯堪的纳维亚股票，这更使谣言变得可信无疑。

那么，这场精心策划的骗局，在盟军以后进行的诺曼底登陆战役中到底起到了什么作用呢？只要看一看希特勒的部署就可以知道了：希特勒不仅没有将驻守在挪威的德军调往法国，而且为了对付盟军“即将到来的入侵”，还加强了那里的兵力。到 1944 年春天结束的时候，德国在挪威的兵力共有 13 个陆军师，9 万海军部队，6 万空军部队，6000 名党卫军以及 1 万多准军事人员。在这些部队中，包含一个精锐的装甲师，一个小型然而却是战斗力极强的潜水艇和鱼艇中队外加一个精锐的空军师。德国在挪威的这支 10 万大军一直等着盟军的进攻，一直等到盟军在诺曼底登陆战役结束后。

正如“韩信将兵，多多益善”，在大规模的作战行动中，大抵没有一个指挥员会埋怨自己的兵力过剩，相反，“兵力不够”的情形却时有发生。在通常情况下，兵力不足则应设法增兵。可是，无兵可增又当如何？英军以虚构的第4集团军来吸引并牵制德军重兵的战例，提供给人们的信息，则是在充满诡道诈术的战场上，除了可以以虚构的兵力来发挥其可能发挥的作用之外，更为重要的是要综合运用各种欺骗伪装措施，使敌见虚不虚，信之以为真，处之以为真。否则，虚兵的作用就只能是“形同虚设。”这就是三十六计中“树上开花”这一计的战争实例。

索尼单放机畅销的秘密

1979年，索尼公司开发出一种立体声耳机的超小型单放机。该产品体积小、重量轻、携带方便，但因其不具备录音功能，所以，并未引起其他电器公司的重视。他们认为：这种产品的市场潜力不会太大，不足以构成竞争威胁。然而，这种产品投放市场之后，却出人意料的畅销。在同类产品每年最多只售出十几万台的情况下，索尼超小型放音机的销售量却直线上升。1979年投放市场，到1981年秋天，就已经售出150万台。1982年的上半年，销售额达400万台，令对手们瞠目结舌。

是什么原因使索尼超小型放音机如此走俏呢？原来，早在该产品开发阶段，索尼公司就开始了富有远见的公共关系策划。他们把超小型放音机同当时正在流行的散步和溜旱冰等健身需要、室外活动需要结合起来，策划并实施了一系列卓有成效的公关宣传活动。

首先，他们选择了位于东京闹市区的代代木公园作为宣布超小型放音机诞生的记者招待会会场。一改过去在宾馆或俱乐部举行记者招待会的常规。其目的是为了强调超小型放音机的室外需要，加深人们对超小型放音机能够让人们一边进行体育锻炼，一边进行音乐欣赏的认识。

其次，索尼公司雇用了许多模特，让这些人戴上立体声耳机，一边欣赏音乐，一边散步或溜旱冰，轻松愉快，好不自在。引来公园许多游人的注视和羡慕，又加深了人们“超小型放音机是您室外运动的最佳伴侣”的印象。

此外，索尼公司还把产品说明书录制成磁带，送给记者，让记者试用超小型放音机；他们还把超小型放音机免费赠送给文艺、体育界的知名人士，聘请他们当评论员；他们还在一些年轻人经常出入的闹市区进行产品实物展览等。这种种宣传，都在表明一个主题，“超小型放音机是您室外活动的最佳伴侣。”

在索尼公司强大、猛烈的公关宣传攻势下，索尼超小型放音机，深得人们特别是年轻人的喜爱。他们把戴上超小型放音机在公园里散步或玩耍，看成是一种社会时尚，一种潮流。因此，索尼单放机投入市场后，一下子就成了畅销产品。

大江公司一举两得

1990 年 5 月 7 月，一封由《中国经济新闻报》副总经理田长生先生写来的加急信函摆在了中泰合资上海大江股份有限公司董事长兼总经理杜述克面前。杜先生打开信函，只见信中写道：由新华社体育部、中央电视台体育部、《光明日报》、《工人日报》、《中国青年报》、《农民日报》以及《中国经济新闻报》、等几家新闻单位联合筹划的“迎亚运世界体育知识大奖赛”进展受阻，原因是 3 月份就答应资助的香港某集团，5 月 3 日，突然提出中止协议，而这时整个大奖赛的筹备工作已进入关键性阶段。为此，大奖赛组委会决定向“大江”求助。

董事长看完了信，立即组织公司领导商议此事。

会议研究决定，抓住这个既为亚运添光彩，又替大江扬名气的机会，出资 25 万元人民币独家赞助这次大奖赛。这使“迎亚运世界体育知识大奖赛”照原计划正常进行。

6 月 4 日，由亚运会宣传部、国家体委宣传司、《工人日报》、《光明日报》、《中国青年报》等七家新闻单位负责人主持的“迎亚运‘上海大江杯’世界体育知识大奖赛”新闻发布会在北京首都宾馆举行。主办单位六家国家级大报全部刊发了这一消息，《人民日报)、《工商时报)、《中国环境报》、《国际商报》、《北京晚报》、《消息时报》等各报也都刊出了这一消息。在距“亚运会”开幕还有 100 天的 6 月 14 日，主办单位的六家报纸又同时刊出了“迎亚运‘上海大江杯’世界体育知识大奖赛”的 80 道试题。

徐公明大战沔水

800万份报纸80道试题送进了千家万户，也使“上海大江”走进了千百万人的心中。

新闻单位有难之际，大江公司真诚地伸出了援助之手，鼎力相助。这一举动深深地感动了组委会的全体成员，为了回报大江公司对这次大奖赛给予的支持和帮助，大奖赛组委会在积极准备赛事的同时，还筹办了有政府高级官员和经济专家参加的“大江经验座谈会”。

8月5日这一天，由大奖赛组委会筹划的“迎亚运世界体育知识大奖赛”和“大江经验座谈会”两项活动，同一天在北京达到了高潮。上午，“大江经验座谈会”在首都宾馆举行，国家计委副主任甘子玉、国务院原副秘书长郑思远、国家体改委企业司司长李中凡和《农民日报》、《经济日报》、《光明日报》等几家新闻单位负责人员应邀到会。会上，大家一致肯定了大江公司五年来的迅猛发展和“公司＋农产”的创新之路。下午，中央电视台演播厅里，正在进行着“迎亚运‘上海大江杯’世界体育知识大奖赛”的实况录像。随着实况录像在中央电视台的播映，“上海大江”的名字反复在千百万电视观众的眼前出现。

8月10日，这是上海大江公司成立五周年纪念日，大奖赛组委会又借新闻媒介送去了他们那份特殊的礼物：中央人民广播电台的“午间新闻”节目，播放了大江的成长之路，中央电视台的晚上黄金节目时间又播放了15分钟的专题片《大江的启示》。电波不仅将这份特殊的贺礼送给了大江公司，也送给了全社会的公司。大江又一次名扬四海，美誉四方。

上海大江有限公司在新闻单位有难之际，鼎力相助，出资25万元人民币独家赞助，使“迎亚运世界体育知识大奖赛”活动顺利进行，这既解了新闻媒介公众的燃眉之急，又在全社会树立了良好的大江形象，使其知名度和美誉度大增。这一成功的处理与新闻媒介关系的案例给了我们如下启示：

重视并善于利用新闻媒介的关系，对塑造组织形象、扩大组织影响，提高组织知名度是至关重要的。新闻媒介公众，是组织外部公众中最具有特殊意义的公众，它具有“公众”和“中介”的双重身分，是组织与其他公众传递信息的桥梁。组织通过良好的媒介关系来塑造企业形象，扩大影响和声誉，是其他任何手段都无法企及的。

杜康酒巧借势声名远扬

杜康酒是我国的历史名酒。三国时期的曹操在

《短歌行》中早就留下了赞美“杜康”的佳句：“概当以慷，忧思难忘。何以解忧，唯有杜康”。然而，在连绵的战争和朝代更迭中，杜康——这种历史名酒却失传了。

1971年，河南伊川杜康酒厂经过反复研制，开发了一代新型杜康酒。经专家品评，认为该酒香甜醇美，香味醉鼻，有独特的芝麻馨味，堪称国优产品。为迅速打开国内外市场，杜康酒厂乘1976年冶金部代表团访日契机，托人把杜康酒送给原日本首相田中角荣，并赠诗一首：“田中原首相，和好邻家帮，献上杜康酒，因公古义长。”这酒是通过该代表团一位团员的日籍华裔的弟弟转送的。这位转送者也写了首诗赠与田中首相：“美酒古业唯杜康，河南一饮三年香，诺言生死五更改，七载做成献寿长”。这首诗用甲骨文刻在了龟板上，一并送去。

诗颂酒文，酒供诗雅。从此，杜康酒与这两首诗很快传遍日本，在日本掀起了一场“杜康酒热”。继而又有效地刺激了国内消费，于是，杜康酒声名远扬，畅销四海。

利用“名人”制造“轰动效应”，借以提高产品知名度，这正是企业营销工作中常用的一种公关手段。杜康酒厂大胆而富有想象力地把历史名酒和国家元首结合起来，借助名人的声望和影响来带动产品提高知名度和美誉度，这真是棋高一筹的妙招。在中日两国建立友好往来关系的初期，把代表中国人民情谊和中国文化的历史名酒和颂酒诗赠与日本首相。这一方面拉近了日本首相和中国人民之间的距离，另一方面表达了中国人民对日本首相的感情，无疑，这一举动将成为政治宣传和新闻报道的热门话题。而杜康也会随着这一热门话题的传播名扬海内外，知名度和美誉度大大提高。而且，因为“杜康”是受日本首相青睐的名酒，这会使其在中日两国人民心中的地位大大上升，身价提高百倍，这正是杜康酒厂预期的效果。

“神秘胶带”公司创良好社区环境

在美国芝加哥市郊外的北因村，有一座小型化工厂。其为波士顿的“神秘胶带”公司所属，始建于1953年。当时，这儿是个人烟稀少的地段。可到了1973年，这一地段开始繁华起来，成了一个人口众多的住宅区。这座小型化工厂也已发展成为占地面积7英亩，拥有职工600多名、年产压力胶带1亿平方码的中型化工企业。多年来，虽然“神秘胶带”公司一直非常注意生产过程的工业污染问题，但仍不能有效地控制生产过程中排放出来的臭气含量。在工厂对面，有一座由公司捐助兴建的中学校园。那里的学生常常抱怨该厂排放的臭气污染了环境，致使他们常感呼吸不适。学生们的抱怨自然引起了家长和社区居民的强烈不满。他们要求该厂尽快解决臭气排泄问题，否则，将诉诸法律。

为了解决这种纠纷，缓解与社区的关系，以取得社区公众对工厂的谅解和支持，“神秘胶带”公司积极地开展了一系列的公关活动。他们请公共关系公司帮助工厂制定了长期的社区公关计划，聘任了一位擅长处理社区公众关系的公关人员任副总经理，专门负责处理社区关系。并将这一消息刊登在报上。这位副总经理上任后，就开始实施公司的各项公关计划。

首先，公司投资制作了一座焚化炉，用于处理一切可能产生臭气的废料，使其达到无害、无臭味后，再排放出来。当那座巨型的焚化炉运抵工厂之后，公司特意将其放置在厂房外面展示两周。之后，邀请社会各界人士参加焚化炉的安装仪式，并请他们参观现场的焚化表演。

其次，公司对社区公众的意见和态度进行了调查，并根据社区公众的要求制定了改进措施。他们还将本厂产品的性能和作用以及工厂对社区作出的贡献，编印成小册子，寄发给社区的每位公众和新闻媒体，以加深社区公众对工厂的了解和认识。

此外，“神秘胶带”公司还派高级主管轮流到那所中学进行讲演，向同学们介绍该厂和学校之间友好关系的历史，同时，宣布在这所中学里设置“优异科学学生奖”，每位成绩优异的同学，都可以拿到该公司颁发的奖金。

通过上述一系列的公关活动，“神秘胶带”公司取得了社区公众的谅解。公司收到了大量的公众来信，对该厂在处理社区关系中所做的种种努力，给予了充分的肯定。这表明“神秘胶带”公司在社区公众中的形象日益提高。

社区是企业的“根”之所在，是企业赖以生存的衣食父母，是企业发展的根据地。因此，妥善处理社区关系，创造一个良好的企业生存环境，这是企业公关中一项很重要的工作内容。

在企业和社区公众发生纠纷时，一个有经验、有能力的公关人员，应该抓住各种机会广泛深入地接触公众，了解情况，分析原因，然后，有针对性地制定改进或补救措施。让社区公众感到公司处理纠纷的态度是积极的、诚恳的。这样，即使问题解决的不是尽善尽美，也会因态度诚恳而引起社区公众的理解和同情，使矛盾不再激化。在处理社区纠纷时，采取置之不理的“冷处理”方法是不可取的。

“神秘胶带”公司，就是本着一种积极的、诚恳的态度来处理社区纠纷的。他们首先对生产工艺进行改进，增加了焚化炉废气处理工序，并对此举大力宣传，让社区公众产生了“公司确实想从根本上解决废气污染问题”的印象，赢得了社区公众的好感，此外，他们还通过各种方式加强和社区公众之间的联系，以增进社区公众和组织之间的相互了解和友谊，创造了一种融洽、和谐的社区环境，为企业的发展奠定了良好的环境基础。

冰箱爆炸带来的广告效应

1988 年 7 月 20 日晚 10 点，南京发生了全国惟一的一起电冰箱爆炸事件。140 立升的沙松电冰箱在南京城西一用户家中突然爆炸。刚刚还运转正常的电冰箱瞬间就炸开了花。冰箱门飞出两米远砸在对面墙上，冰箱后座把紧挨冰箱的那面墙也砸了几个窟窿。冰箱内部冷藏的物品东奔西撞、四面开花。冰箱的主人一家四口更是侥幸捡了条命。上午刚刚出院的产妇搂着才出生四天的婴儿，就睡在紧挨冰箱的床上，侥幸没被伤着。男主人因当时正在另一处洗澡，才算逃过了恶运，否则，后果不堪设想。女佣人在几分钟前还站在冰箱前忙乎，幸好当时离开，才能幸免于难。

玉泉山关公显圣

1988 年 7 月 22 日，南京《扬子晚报》根据用户投诉，刊出了《一台沙松冰箱爆炸》的消息，还附有现场照片。这条“爆炸”新闻在南京几十万用户中掀起了一场轩然大波。他们纷纷给报社打电话询问冰箱爆炸的原因，一些用户则诚惶诚恐，急忙把冰箱搬出卧室。少数购买沙松冰箱的用户，则更是胆颤心惊，惶惶不可终日。一时间，“沙松”驻南京办事处挤满了前来询问冰箱爆炸原因的各界公众，有《扬子晚报》记者、《新华日报》记者，南京电视台记者、《中国消费者报》记者，还有众多的冰箱用户……

面对这一突发的“爆炸”事件，厂领导决定立即组织由该厂总工程师、法律顾问、日本技术专家和驻南京办事处主任组成的事件处理小组，日夜兼程赶赴南京。到那里后，他们不是急于作技术性说明，推诿有可能承担的责任，而是先在宣武门饭店包下了一个会场，专门接待“无冕皇帝”。他们一再向记者表示：爆炸原因查清楚后，一定公布于众，并将全部情况告知新闻单位。如果属于冰箱质量问题，一定向南京人民交待清楚，让几十万冰箱用户放心。为了增加透明度，事件处理小组决定，对爆炸现场进行的各项检查，都由南京电视台进行实况录相，并将其结果转播给公众。这种谦逊而富有诚意的态度，首先赢得了记者和用户各方公众的好感，使他们确信沙松电冰箱厂对“爆炸”事件的处理肯定会“让用户放心”。

经过调查，该冰箱爆炸，并非产品质量原因，而是用户缺少安全知识，将丁烷瓶放置冰箱内部所致。尽管如此，当那个用户提出赔偿的要求时，沙松电冰箱厂也还是一口答应了下来。调查过程还发现，已被炸掉了门的冰箱仍然在继续制冷。真相大白之后，该厂组织召开了由物价局、消费者协会、标准计量局、保险公司和制冷专家参加的论证会，各方记者也都应邀出席会议。会上，他们请那个用户自己讲出了真情，并将现场检查的实况录相公布于众，让公众了解了事件处理的全部过程。各家报纸又都纷纷刊出消息，替沙松冰箱洗清了不白之冤。南京电视台还在晚上黄金节目时间播放了论证会的实况录相。

南京市民们通过各种新闻媒介知道了事实真相后，他们得出的结论是："沙松够意思，仁至义尽"。"沙松冰箱质量不错，门都炸掉了，还在制冷"。沙松冰箱厂及其产品不仅没有因为这次"爆炸"事件毁掉形象和信誉，相反，其知名度和美誉度还大为提高，这可真是"塞翁失马，因祸得福"。

协调企业与外部公众之间的关系，解决矛盾，处理纠纷，这是企业公关的重要职能。当企业受到外部突发事件的冲击，有损企业利益，危害企业形象时，如何妥善处理，以缓解矛盾，扭转公众对企业的不利看法，这正是危机公关的首要任务。沙松电冰箱总厂对冰箱爆炸这一事件的处理非常成功。他们遵循了"一切从维护消费者利益出发"、"让公众被告知"的公共关系原则，将解决问题的视点始终放在新闻媒介和消费者公众身上，诚心诚意地站在用户利益上考虑问题，不急于作技术性说明，不推诿可能承担的责任，而是虔诚的向公众表明：我们对这件事的处理一定会让用户放心。并将让用户放心的一系列解决问题的环节真实地告知各方公众，用事实真相消除了公众的误解，用诚恳的态度赢得了公众的信任。树立了企业良好的组织形象，提高了企业的信誉度和美誉度。

泸州老窖巧公关

1987 年 9 月 13 日。四川泸州老窖酒厂生产的泸州老窖特曲酒，在泰国曼谷荣获第二届国际饮料食品展览会惟一金奖——金鹰杯奖。这是泸州老窖继 1915 年获国际巴拿马金奖七十年后的再次获奖。这一喜讯从曼谷传来之后，全厂职工心情振奋，欣喜若狂。具有强烈公关意识的厂领导和公关部全体人员立刻意识到这是树立企业良好形象，提高企业知名度和美誉度的最佳时机。于是他们就以“四百年泸州老窖飘香，七十年国际金牌不倒”为主题，精心策划了一系列公关活动。

首先，他们组织了迎接金鹰奖杯的游行活动。游行队伍乘着彩车，敲锣打鼓，到火车站迎接金鹰奖杯，之后在全市举行大游行。这一举动轰动了整个泸州城，市民们纷纷争睹金杯，夸赞泸州老窖为泸州人争了气，为祖国争了光。

其次，他们向省市领导报喜，感谢省市领导的支持和指导。省领导获知后，马上以省政府的名义向泸州老窖酒厂发出了祝贺电报。市政府则专门召开了全市大会，表彰酒厂为全市全国争了光，获得了国际金鹰奖杯。

最后酒厂又征得商业部同意，决定在首都人民大会堂举行隆重的庆祝大会，并邀请了全国人大和政协的领导人严济慈、廖汉生、康克清、黄华等同志亲临大会。同时被邀到会的还有国家有关部委、四川省、泸州市的部分主要的领导人，以及各界知名人士，记者 300 多人。

会后，中央电视台、中央人民广播电台、国际广播电台、人民日报、光明日报、经济日报、工人日报、农民日报、中国日报、中国青年报等五十多家新闻单位播发了专稿。新华社、中新社专门出了通稿，从此泸州老窖的大名便传遍了全国。“七十年国际金奖不倒”便成了公众赞美泸州老窖的口头禅。

泸州老窖酒厂这次公关活动之所以取得如此巨大的成功，就在于该厂把握了公关活动的基本技巧。他们就彩车迎金奖游行活动，在泸州市大造泸州老窖获国际金奖的声势；进而向省市领导汇报，获得政府的认可和支持，在公众中塑造自己的形象，收到提高知名度和美誉度的良好效果；最后又选择人民大会堂这一政治地位高、国内外知名度高、影响力大的场所开庆祝大会，则把这次公关活动推向了高潮；制造了“轰动效应”，使泸州老窖名扬全国。

这次公关活动获得成功的另一条宝贵经验是：经费少，收效大。整个公关活动共花销了3万元人民币，却收到了刊登这次获奖消息的新闻稿90多篇。如果将这些稿件按刊登广告计算，需人民币十多万元钱。且其刊登位置，播出时间，宣传效果也远不及新闻报道，由此可见，泸州老窖酒厂这次获奖之后的公关活动收到事半功倍的效果。

餐厅老板借“名人”揽客

美国肯塔基州的一个小镇上有家不出名的餐厅，餐厅老板发现：每当周二的时侯，来就餐的人特别少。老板几次想扭转这种冷落局面，但都收效甚微。一个周二的傍晚，老板闲坐无事，便信手翻阅桌上的电话簿，翻着、翻着，老板忽然看到一个熟悉的名字——约翰·韦恩，老板一愣，但很快明白过来：这是一个与当时红极全美国的巨星同姓同名的人。老板来了灵感，何不借用真约翰·韦恩的名字和名气，请“假”约翰·韦恩来就餐呢？到时候，镇上的人出于好奇，一定会光顾餐厅。老板先给“假”约翰·韦恩打了电话，邀请他携夫人于下周二晚8点到餐厅来就餐，餐厅免费供应他双份晚餐，“假”约翰·韦恩欣然同意；然后，老板贴出一张大海报：“隆重欢迎约翰·韦恩先生于下周二光临本餐厅！”

大海报一贴出去，果然在小镇上引起了轰动。人们在纷纷议论的同时，又焦急地盼望下一个周二早些来到，好一睹这位明星的风采。到了周二，餐厅的生意大增。顾客们询问老板：“约翰·韦恩什么时候光临？”老板回答：“晚8时准时到达。”这一天傍晚，顾客们早早地就进入餐厅就餐，不到7点，想要就餐的人就不得不在餐厅门外排起了长队，接近8点的时候，餐厅的内外已是人头攒动，水泄不通了。

8点整，餐厅老板通过餐厅内的扩音器宣布：“各位先生、各位女士，约翰·韦恩携夫人一起光临本店，让我们共同来欢迎他和他的夫人！”

餐厅内外顿时鸦雀无声，所有的人都把目光投向餐厅门口——在餐厅老板和漂亮的服务小姐的陪同下，一位矮小的、地地道道的肯塔基州老农民与他的妻子微笑着、又有些忐忑不安地迎着众人的目光，走入餐厅。

“这就是巨星约翰·韦恩及其夫人?!”

所有的人都几乎不相信自己的眼睛。但是，这只是很短时间内的惊疑，过了一会，人们很快明白了是怎么一回事，餐厅内爆发出一片善意的哄笑声，有人大喊：“欢迎约翰·韦恩!”于是，更多的人大喊：“欢迎约翰·韦恩!”人们把约翰·韦恩夫妇拥上上座，还纷纷要求与约翰·韦恩夫妇合影留念，整个餐厅一派喜气洋洋的气氛。

餐厅老板从邀请约翰·韦恩的成功中受到鼓舞，于是继续从电话簿上寻找与“名人”同名的人到餐厅免费就餐。当然，老板并没有忘记事先贴出一张大海报，遍告镇上的父老乡亲，而乡亲们也都乐意到餐厅来“捧场”。从此后，每逢周二，这家餐厅的生意最为兴隆。

巧借唐诗造势打开化妆品销路

香港是个贸易往来的“自由大世界”，形形色色的商品，充斥市场。香港一位商人有心推销质量上乘的国产化妆品，但因为化妆品市场早已被外商占领，虽经多方努力，仍打不开销路。这位香港女商人十分懊恼。一位友人向女港商出了个主意："为什么不借助一下古人呢?"于是，友人如此这般地跟女港商一说，港商大喜，立刻按照友人的主意干了起来。

几天后，香港一家大报上登载了一则诗谜广告，诗面是晚唐诗人张祜写的一首乐府诗《何满子》：

故国三千里，深宫二十年。

一声何满子，双泪落君前。

女港商的广告策划者根据诗意，用《闺怨》为题，隐去费解的"何满子"三个字，在诗下注上一行小字："猜一电话号码，最先猜中者奖足金首饰二两，谜底三日后在本报揭晓。"

诗谜广告登出后，不但香港轰动，澳门也被卷了进来，稍稍懂一点唐诗的人，都跃跃欲试，遗憾的是，没有一个人能领取到那"二两足金首饰"，于是，诗谜广告更引得人如痴如醉。

三天之后，那家报纸如期刊出谜底：

××公司电话约购化妆品号码——300020－1288。

在号码之后，还有几行字：

使用本公司化妆品助你征服爱人，庶免闺怨。说明：该诗首句"三千里"扣"3000"，次句"二十年"扣"20"，三、四句"一声"、"双泪"扣"12"，至于"88"乃双泪串落之形容也。

由于谜底和谜面丝丝相扣，天衣无缝，“使用本公司化妆品助你征服爱人，庶免闺怨”一句画龙点睛，令人称绝。这一则广告诗谜迅速传遍香港、澳门，人人津津乐道，国产化妆品即迅速打开了在港、澳的销路。

“强力胶水”与“金币”

治风疾神灵身死

“强力胶水”问世后，老板为如何能让他的产品为世人所接受而绞尽了脑汁，最后，老板终于觅得一条绝技。

老板事先在一金店公开订制了一枚价值 4500 美元的金币，并大肆宣扬。当公众对这枚金币已在议论纷纭时，老板又请来一批贵宾和新闻界人士，举行了一次别开生面的“表演”：在摄像机的镜头前，老板拿出一瓶“强力胶水”，小心地打开瓶盖，将胶水涂在金币上，然后轻轻地把金币往墙上一贴，对贵宾和围观的人群说：“诸位先生，诸位小姐，众所周知，这枚金币价值4500美元，现在已被我用本公司发明的强力胶水贴在了墙上。我宣布，如果哪一位先生、小姐能用手把它揭下来，这枚金币就将属于他！”

老板的话音刚落，一个又一个“先生”、“小姐”纷纷涌上前，跃跃欲试。但是，他们都失败了，而这一切都被摄像机拍了下来并通过电视播放出去。

最后，名闻遐迩的气功大师也来了。摄像机前，气功大师气沉丹田，缓缓运气，将气凝聚在扣住金币边缘的五个手指上，猛地“嗨！”一声喊，只见墙壁裂出一道细缝，但金币仍贴在墙上，熠熠闪光。

“强力胶水”，名不虚传！

“强力胶水”以此名播全世界，畅销全世界。

泉州酒厂将功补过得人心

福建泉州酒厂是一家有50多年生产历史的“老”字号企业。这个厂生产的“春堂”药酒和“桂元”补酒，一直在国内及香港、东南亚等地区享有盛名。近年来，他们为了满足消费者需求，又不断开发生产了啤酒系列产品，使企业的经济效益连年提高，名声越叫越响。

下面的事情使他们永远不能忘怀。

1986年6月，这个厂由于没有严格把好质量检验这一关，致使当月生产的4000多瓶啤酒出现了严重的质量问题，而且有1000多瓶业已出售给消费者。而对这个问题，厂里的人们议论着，担心着。有人甚至说：家丑不可外扬，“稳私”不可泄露，张扬出去会毁坏企业的形象，会使企业威风扫地。而这个厂的决策者却是另一种想法，另一番态度。

他们相信负反馈一定会带来正效应，便主动通过新闻媒介，向全社会公布了这次事故的真相，并向广大消费者作了自我检讨，诚心诚意地求得社会公众的谅解，同时，采取紧急措施，将已出售的1000多瓶有质量问题的啤酒尽可能地收回，并决定对啤酒生产车间进行停产整顿。这样一来，这个厂啤酒生产和市场销售量确实受到了影响，企业利润出现了滑坡。但没过多久，坏事却变成了好事。

企业经过短期内部整顿，进一步树立了“质量第一”的意识，全厂上下形成了人人重视产品质量的良好风气，啤酒生产质量日益提高，并很快跨上了一个新台阶，全部达到了部级标准。泉州酒厂生产的啤酒又重新受到了广大消费者的信赖，成为了市场上畅销产品。企业也由此而走出低谷，重新获得了良好社会信誉。

聪明的押运员

美国杰出的面包经销创业大王凯瑟琳·克拉克女士在创业伊始就定下了一条严格的规章制度：决不卖超过三天的面包。

为此，她不但在面包的包装上注明烘制日期，而且每隔三天就派专车到各经销店收回未卖出的面包，并送去烤好的新面包。

为此曾发生了一件这样的事情：有一年，她所在的州发大水，面包畅销且到处急需。当她按照规定派人把超过三天的面包（受灾前生产的）用车拉回来的途中，被发现了，人们围上来要买，可押运员不卖。有人指责，有的骂，吵吵嚷嚷，围了个水泄不通。一位记者以为发生了什么事，便来询问。一听之后，觉得太新鲜了！记者向押运员提出了抗议。押运员说了店里规定的内情，并请记者给他拍了一个阻止人们拿面包的姿势的镜头，然后，和记者商议了一个两全其美的办法，让饿着肚子的人都吃到了面包。

记者很满意，就此事发了一条新闻，还配发了押运员那张照片。这一下子可轰动了！凯瑟琳的面包不仅给人们留下了极其深刻的印象，而且销路急剧大增。这样一来，没有几个月时间，制作面包的设备就扩大了5倍多。

从这件事中，凯瑟琳更深刻地认识到宣传的重要性；更清醒地意识到押运员贯彻体现她注重宣传、信誉第一思想的可贵。她认为："这件事，押运员处理得非常得当，特别是那张阻止人们的照片，更是"画龙点睛"之举！她认为押运员是个不简单的人才，便破格重用，提升为业务经理。

的确，这个押运员应该受到奖励，因为他所散布的信息给公司所带来的顾客的信任与好感是1000次广告也比不上的。

谢安助友卖蒲扇

谢安曾做过东晋宰相，因在淝水以数万之众打败数十万之众的前秦军队而名扬天下。

谢安有一个同乡在广州做官，离职回乡的时候，这位同乡在广州买了 5 万把蒲扇，准备在建康停留时卖掉。谁知到了建康，一连好几天，蒲扇摆到市面上，竟无一人问津。同乡心急如焚，只好去找谢安帮忙。谢安问："你有多少扇？"同乡答："5 万把"。谢安沉吟不语。

谢安弈棋

当时，建康天气转凉，不时还下一场小雨，蒲扇已经成了过时之物，这就是蒲扇无人问津的原因。要在这样的季节里卖掉 5 万把蒲扇谈何容易！

同乡急了："你是当朝一品宰相，一人之下，万人之上，总不会一点办法也没有啊！"

一句话，提醒了谢安。谢安送同乡回客店，跟同乡要了一把蒲扇，然后拿着蒲扇，离开客店。谢安没有直接回宰相府，而是摇晃着蒲扇，潇潇洒洒地在闹市中四处游览，故意引起人们的注意。

“当朝一品宰相在逛市场!”

谢安逛市场的消息不胫而走，他摇晃着蒲扇，大摇大摆地在街市中行进的潇洒姿态更令满建康城的人倾心。在朝中当官的争先效仿，社会上的三教九流紧随其后，贫民百姓也紧跟着“过把瘾”，建康城内，蒲扇立刻成了“抢手货”。商人们眼看蒲扇有利可图，竞相找到谢安的同乡，高价把蒲扇抢购一空，把谢安的同乡乐得合不拢嘴。

谢安巧“借”自己的“名人效应”，不费吹灰之力，帮助友人把 5 万把蒲扇全部推销完。

美奇之谜

在现代商战中，“狐假虎威”已成为弱小或新生企业常用的一种竞争手段。他们往往巧借“名人”、“名牌”和“名厂”的声誉，来扩大企业产品的影响，从而得到生存和发展。

美国的亨利·彼得森由一个无名的穷学徒成为一个首饰加工业的百万富翁，其成功秘诀就是他巧妙地运用了“树上开花”这一谋略。

他先是借师傅的名气使自己得以生存；又借美国最有名的首饰批发商之手，使自己的手艺得到上流社会的承认；再借银行董事的威望，得到一笔建厂用的贷款；最后凭籍著名女影星的巨大的宣传效应，登上首饰加工业泰斗的宝座。

本世纪的40年代，美国纽约有一家“美奇戒指公司”，专以产销订婚、结婚戒指为业，在美国颇有名气，许多上流社会的富豪权贵也经常慕名前来订购。公司的创始人亨利·彼得森向报界透露：美奇戒指公司每年利润达200多万美元。这个数字在当时美国的首饰加工业来说，是个了不起的成绩。更何况这家公司仅仅是经过一代人的奋斗从无到有创建起来的。人们不禁好奇地打探其中的原委了。

亨利·彼得森少时的梦是黑白色的，那就是——贫穷和苦难。

1908年，他生于英国伦敦，幼年丧父，后随母亲移居纽约。在彼得森15岁时，母亲辗转托人介绍，把他送到运河街的一家珠宝店去当学徒。

这家珠宝店的老板卡辛是纽约最好的工匠之一，凡经他手镶嵌的首饰都能卖大价钱。那些有钱人家的太太、小姐们对卡辛这个名字就像对大明星一样熟悉。

彼得森第一天上工，卡辛就让他练习凿石头。一块拳头大小的石头，要求用手锤和钻錾打成10块形状、尺寸相同的小石块，并规定干不完不准吃饭。

实际上，这是一项永远不可能做得合乎要求的工作。卡辛要彼得森这样干，目的是要他练习基本功，同时也在考验他的意志，磨炼他的性格，彼得森年少无知，哪懂得老板的用心，只是日复一日地敲打，一錾一錾地雕凿。

经过数年如同炼狱般的学徒生涯，彼得森整个人真可谓脱胎换骨，他性格上的棱角几乎像宝石一样被磨掉了。然而，他的技艺却不断提高，赢得了老板的赏识和信任，彼得森的工钱也由每周3美元增加到14美元。

可就在将要熬出苦海的时候，命运和彼得森开了个大玩笑，老板卡辛对他产生了误会，以致发展到师徒之间情断义绝，结果是彼得森被迫离开珠宝店。

失业后，彼得森几经周折，好不容易找到一个为工厂检验首饰质量的工作，倒霉的30年代大萧条就来临了，他就像跌入黑暗的深洞一样失去了刚找到的工作。

经济危机的浪潮冲击着奢侈品行业，做首饰的失业人员愈来愈多，看来想在这一行找工作已是不可能的了。

彼得森的面前已无路可走，他决定自己开辟一条新路——开店搞首饰加工。

在卡辛珠宝店里当学徒时，彼得森认识一个名叫詹姆的技工，这个人和别人合资开了一个小珠宝店，彼得森就去找他想办法。

詹姆的珠宝店很狭窄，只有 12 平方米，已经摆了两张工作台。詹姆是个乐于助人的人，他说服了合伙人，让彼得森再摆上一张工作台，每月收租 10 美元。

彼得森没有能力预付房租，所以必须立即找到活儿干。

他不善辞令，却不得不干类似推销的工作，挨户宣传自己的手艺，让人家把珠宝给他加工。然而，没有名气和信誉，谁肯把贵重的东西轻易交给自称手艺高明的陌生人呢？

长街短巷中跑了 10 多天，鞋都磨破了两双，彼得森还是未能揽到一件活计。而且他还遭到白眼、呵斥、嘲讽，有的人开门一听到他的来意，马上边关门边骂他是个骗子。

眼看半个多月过去了，房租仍没有着落，他心急如焚。

他开始冷静下来仔细检讨自己的作法，发现自己所采用的方式太简单太莽撞了。冒冒失失地去按人家的门铃，张口就要人家的宝石，别人怎么会没有戒心？

于是，他改换了方式，先把有能力置办首饰的人名、地址记在本子上，然后分别发信给对方介绍自己的专长，并讲好上门服务的时间。信寄出后，他就按时登门走访。这回情况完全不同了，人们知道他是谁，为什么来，态度也就好多了。

直到第21天，他终于揽到了第一桩生意。

一个贵妇人有一只2克拉钻石戒指松动了，要紧固一下。在拿出戒指前，她郑重地询问彼得森："你是跟谁学的手艺？"

"是运河街珠宝店的卡辛。"

"噢，卡辛！原来你是他的徒弟，这太好了！"

贵妇人立即取出钻戒，放心地交给了彼得森。

想不到卡辛的名字在这些有钱人中有如此重大的份量！这一发现，使彼得森欣喜若狂，如同在茫茫苦海中飘游的落水者，突然看到前方出现了一片陆地。

打这以后，彼得森就借助卡辛的名气揽生意。每次登门走访他总是首先自我介绍：

“我是卡辛的徒弟，名叫亨利·彼得森……”

这一招十分灵验！他的顾客中没有不知道卡辛的。彼得森打着“卡辛的徒弟”这块招牌干了两三个月，生意挺不错。

可惜好景不长。詹姆的合伙人看着眼红，非要撵走他不可，否则就抽回资金。詹姆无奈，只好把自己的苦衷告诉了彼得森。

刚刚爬上陆地上的沙滩的彼得森又被巨浪卷回苦海之中。

彼得森只好另寻出路。他在报纸广告栏上看到一个卖手表带的人因房租贵，想找人搭伙合租，就按地址去了。

虽然有了新的工作地点，但房租却比过去贵了两倍。他只有拼命干才能维持生计。幸好他有“卡辛的徒弟”这块金字招牌，令他得益匪浅，度过难关。

一年多后，彼得森在首饰行业中小有名气了。他在苦海中拼命奋进，终于又踏上希望的彼岸。

原来新泽西州一家戒指厂的生产线出了问题，听说彼得森是卡辛的高徒，就请他去负责。

另外还有不少人慕名来找他加工首饰，他不愿拒绝，就在下班后干。

这样一来，他的收入不断增加，有时每星期可以赚到170美元。要知道，在那次经济大萧条中，这可算是小康的生活了。

1935年的秋天是彼得森人生道路上的一个重要的里程碑。

一天傍晚，有个陌生人来找彼得森。来人很客气地作了自我介绍，说他名叫哈特·梅辛格。

这个名字如雷贯耳，彼得森一时呆住了。

传遗命奸雄数终

还在当学徒时，彼得森就知道站在自己面前的这位人物是美国最精明又最有名气的首饰批发商。卡辛曾经说过，不论多么贵重的首饰不经过梅辛格的手是很难卖出好价钱的。虽然从未见过梅辛格，但彼得森心目中却早已形成对他敬畏和崇拜之情。

现在，这位风度翩翩、大名鼎鼎的人物居然找到自己家门来，这真令彼得森有点受宠若惊。

梅辛格来找彼得森的目的，是想为他在纽约地区的销售网长期订货。当他知道面前这位瘦小木讷的年轻人就是彼得森时，心中不禁暗暗对彼得森的能力产生了怀疑。

梅辛格仔细地了解了彼得森的情况，当他知道对方的手艺是跟卡辛学的，心中那团疑云顿时消散而去。

他又认真观赏了彼得森设计和加工的一些首饰样板，对这位年轻人更加信任。于是他当即授权彼得森按照自己的想法设计，按自己的方式加工，给彼得森一个充分发挥自己才智的机会。

如果说，卡辛的大名使穷愁潦倒的彼得森闯过生存的难关，那么梅辛格的威名便将彼得森这位工匠带进了企业家的行列。

由于彼得森成为梅辛格的特约供应商，他的手艺得到上流社会的承认，随即名声大噪，找他的人越来越多，令他应接不暇。

随着名气和生意额的不断增大，彼得森的信心倍增，他决定要自己开一间生产首饰的工厂。因为他知道，搞首饰加工是不会有大出路的，而且还要依赖别人。

然而，建立一家生产首饰的工厂需要大笔资金，他还没有这个能力。为解决这个难题，他苦思冥想。

在彼得森的半生中，做过的首饰不计其数，其中不乏价值昂贵的珍品，可是没有哪件给他留下深刻的印象。倒是自己当初订婚时用15美元的本钱为未婚妻做的戒指使他最为偏爱，他永远也忘不了妻子当时戴上手那兴奋、喜悦的眼神，那是他所见过最美丽最奇妙的神情。

这是一个重要启示，它使彼得森心中豁然明朗起来。对！搞一家专门生产订婚、结婚的戒指厂，这样规模就小多了。

专门生产一种首饰所需的资金是少多了，但还是要一笔钱的，亲戚朋友都没能力帮他这个忙，他只好硬着头皮去向银行申请贷款。

但是彼得森的财产有限，无力为自己的贷款担保。为此他碰了几次钉子就不再去上银行求贷，而改换广泛发信的方式四处盲目筹款，这种“大海捞针”的办法，连他自己也不抱什么希望。

正当彼得森进退维谷之际，一位“贵人”又出现了。

这个“贵人”是一家银行常务董事的妻子，她曾让彼得森为她加工一枚贵重的钻石戒指，对彼得森手艺非常钦佩，对他的忠厚诚恳的品格很欣赏。当她知道彼得森的难处之后，便极力说服丈夫出面为彼得森贷款。

她的丈夫在当地银行界资深名重，很有威望，这样一笔小额贷款对他来说当然不算难事。

彼得森又一次凭仗着名人的威望为自己解除了危难。

这样，彼得森的基业就建立起来了。为了纪念自己新婚时那一刻美丽而奇妙的回忆，他将企业定名为“美奇戒指公司”。

纽约，是冒险家的乐园，也是名人荟萃的地方。

在这里，首饰行业之间的竞争十分激烈。

彼得森是个善于动脑筋的人，他很清楚，要想在对手林立的市场上站稳脚跟并且后来居上，除了要有精湛的手艺和高明的经营手段之外，人际关系也相当重要。

他自己就是凭借名人之名来成家立业的。幸运的是，这种机会又一次眷顾了他。

有一天，一位大富翁慕名而来，他拿着一颗名贵的蓝宝石，要求彼得森为他镶一枚与众不同的戒指，准备送给一位著名女影星作为生日礼物。

彼得森当然不会错过这个送上门来的好机会。

他拿着那颗蓝宝石，整整端详了3天。他知道，再在图案上下功夫是不会有惊人之举了，惟有在蓝宝石上打主意。

传统镶戒指的方法，是用金属把面料包托起来，这样宝石有近一半的表面积被遮盖起来，也就是说一块料做成首饰后至少“小”了1/3。

但是不这样做不行，万一安装不牢固，贵重的宝石就可能掉落丢失，因此一直没有人认为这种传统工艺有什么不对。

彼得森早就觉察出这种传统镶法的弊病，但一直没有机会去尝试改变这种陈旧的方法。

经过一个多星期的研究试验，他终于发明了一种新颖的联接方法——内锁法。用这种方法制造出的首饰，宝石的90％暴露在外，只有底部一点面积像果实与芥蒂那样与金属联接。

那位著名女影星生日那天，举行了盛大的晚会，一时宾客如云，高朋满座，当女影星出现时，人们的目光都被她手指上那颗璀璨夺目的蓝宝石戒指吸引住了……

女影星的效应是巨大的。

当那些崇拜女影星的贵妇、小姐们得知这枚戒指出自彼得森之手，都不惜出重金请他做首饰，她们都以拥有彼得森亲手制作的首饰为一种荣耀。

彼得森由此而名声大振，一跃成为纽约首饰行业的泰斗。

李世民解雁门之围

隋炀帝杨广，是个荒淫无道、好大喜功的暴君。他夺取帝位后多次出巡塞北向少数民族炫耀武力，使之不敢南犯。隋大业十一年（公元 615 年），炀帝再次北巡，这时突厥国的始毕可汗平时吃过汉人的苦头，正处心积虑寻求报复，当他得知炀帝此行兵力单薄，便秘密调集几十万大军把炀帝的御林军团团围困在雁门关，并封锁一切消息，企图把隋朝君臣活活饿死。杨广遭此意外，无法征召救兵，慌得手足无措。后来他采取了把求救诏书刻在木板上，投入汾河的办法，以期征得援兵。碰巧这个诏书被太原留守李渊发现。李渊的次子李世民当时只有 16 岁，主动应征，隶属于援兵主将云定兴。赴援前，李世民向云定兴献计说："突厥之所以肆无忌惮地把皇上包围，一定是认为没有援军救驾，现在凭我们这点微薄的兵力，也不可能解围。最好来个虚张声势，把部队行军行列前后拉长成几十里，白天多张旗帜，夜里频敲钲鼓，让敌人以为各地大军云集而至，这样不必交战，敌人就会自动退兵。不然的话，敌众我寡，如果对方全军来战，我军就会无法支持。”云定兴依计而行。始毕可汗果然以为隋救援大军已到，立刻下令全军撤围而去。李世民就这样以虚张声势之计，轻而易举地解了雁门之围。

第三十计　反客为主

【原文】

乘隙插足，扼其主机[①]。渐之进也[②]。

【注释】

①主机：带根本性机关要害。

②渐之进也：语出《易·渐》卦："象曰：渐之进也，……进得位，往有功也。"意思是只要循序渐进，就可取得成功。

【译文】

有机会就插足进去，掌握它的主要机关，这一过程是：循序渐进。

【按】为人驱使者为奴，为人尊处者为客；不能立足者为暂客，能立足者为久客；客久而不能主事者为贱客，能主事则可渐握机要，而为主矣。故反客为主之局：第一步须争客位；第二步须乘隙；第三步须插足；第四步须屋机；第五步乃成主。为主，则并入之军矣。此渐进之阴谋也。

【译文】

被人驱使的是奴隶，被人尊敬的是贵客；不能站稳脚跟的是暂时的客人，能够站稳脚跟的是长期的客人；长期当客人而不能参予机要的是卑下的客人，能够参予其事，就可逐渐抓住大权而变成主人。所以反客为主的局势演变：第一步，要争得客位，第二步，要善于钻空子；第三步，要插脚进去；第四步，要掌握大权；第五步，就变成主人。做了主人，当然也就兼并了他人的军队，这就是循序渐进的谋略。

【计名探源】

反客为主之计，语本（唐李问对·卷中）：“臣较量主客之势，则有变客为主，变主为客之术。”至《三国演义）第七一回“（夏侯）渊为人轻躁，恃人少谋，可激动士卒，拔寨前进，步步为营，诱渊来战而擒之；此乃反客为主之法。”移用于军事，是指在军事中，要努力变被动为主动，争取掌握战争主动权的谋略。尽量想办法钻空子，插进一只脚去，控制它的首脑机关或者机要部位，抓住有利时机，兼并或者控制他人。古人使用本计，多是对于盟友的，往往是借援助盟军的机会，先站稳脚跟，然后步步为营，反客为主，取而代之。

袁绍和韩馥，本来是一对盟友，当年曾经共同讨伐过董卓。后来，袁绍势力逐渐强大，总想不断扩张。他屯兵河内，缺少粮草，十分犯愁。老友韩馥知道情况之后，主动派人送去粮草，帮袁绍解决供应困难。

袁绍觉得等待别人送粮草，不能够根本解决问题。他听取谋士逢纪的劝告，决定夺取粮仓冀州。而当时的冀州牧正是盟友韩馥，袁绍也顾不了那么多，马上下手，实施他的锦囊妙计。

他首先给公孙瓒写了一封信，建议与他一起攻打冀州。公孙瓒很早就想找个理由攻占冀州，袁绍这个建议，正中下怀。他立即下令，发兵攻打冀州。

袁绍又暗地派人去见韩馥，说："公孙瓒和袁绍联兵攻打冀州，冀州难以自保。袁绍过去不是你的老盟友吗？最近你不是还给他送过粮草吗？你何不联合袁绍，对付公孙瓒呢？让袁绍进城，冀州不就保全了吗？"

韩馥只得邀请袁绍进入冀州。这位请来的客人，表面上尊重韩馥，实际上他逐渐将自己部下一个一个似钉子扎进了冀州的要害部位。这时，韩馥清楚地知道，他这个“主”已被“客”取而代之了。为了保全性命，他只得只身逃出冀州了。

【评语】

“反客为主”其意为：变被动为主动。《唐太宗李卫公问对》卷中：“臣较量主客之势，则有变客为主，变主为客之术。”《十一家注孙子·虚实篇》：“饱能饥之。张预注曰：我先举兵，则我为客，彼为主；为客则食不足，为主则饱有余。若夺其蓄积，掠其田野，因粮于彼，馆谷于敌；则我反饱，彼反饥矣，则是变客为主也。”此计用于军事上，是指：在战争中，要努力变被动为主动，尽量想办法钻友军的空子，抓住有利时机，兼并或控制友军。

古人认为，被人支使的是奴仆，受人尊敬的是客人；不能立足的是临时的客人，能够站稳的是永久的客人；长期做客而不能参与军机的是贱客，能够参与其事又能逐渐握有大权的，那才是真正的主人。

【战例】

诸葛亮取汉中

刘备兵进汉中，曹操自领大军前来防御，两军于汉水两岸隔河相对。诸葛亮查看地势，见汉水上游有一片丘陵地带，可以埋伏 1000 余人。便回到营房中吩咐赵云说：“你可以带领 500 人，携带战鼓号角，埋伏于上游的丘陵地带。无论何时，只要听到我军营中炮响，便可擂鼓扬威，只是不许出战。”赵云领命，带兵埋伏去了。第二天，曹兵前来挑战。蜀军只是不出，连弓箭也不放。曹兵无奈，只好回兵。到了晚上，诸葛亮见曹营灯火熄灭，军兵已经休息，随即放响号炮。赵云听到，立即下令鼓角齐鸣。曹兵以为敌人前来劫寨，急忙奔出准备防守，却哪里有一个蜀军人马，折腾了半天，刚想回营再去休息，只听一声炮响，鼓角又鸣，蜀兵呐喊之声震天动地，山谷齐应。曹兵彻夜难安。一连三夜，夜夜如此。曹操心里发怯，便退后 30 里扎营。诸葛亮遂请刘备亲自渡汉水，于水边扎起大寨，并嘱咐他如何行事。

第二天，曹操见刘备背水结营，便领兵前来交战。蜀将刘封出马，曹操命徐晃出阵。刘封敌不住徐晃，打了几下拨马便逃。曹操指挥大军追来，蜀兵尽望水边逃走，丢弃营寨，军器马匹散落满地。曹兵争相拾取，不战自乱。曹操一见，知道中计，急忙下令鸣金收兵。正在此时，只见诸葛亮号旗举起，刘备领兵返身杀回，黄忠、赵云也从两边杀来。曹兵大败而逃，蜀兵连夜追赶。曹操欲回守南郑，到了城下一看，南郑已被蜀将张飞、魏延攻占，只好仓皇逃到阳平关去了。

刘备来到南郑，问诸葛亮说："曹操善于用兵，这次前来，怎么这么快就败了呢？"诸葛亮说："曹操为人多疑，虽善用兵，我以疑兵迷惑他，他必然疑惧，所以不敢勇战以致速败。"刘备说："现在，曹操退守阳平关，你用什么办法去退他呢？"诸葛亮说："我早已想好了。"于是，便派张飞、魏延去截断曹操的粮道，又叫黄忠、赵云分兵两路去放火烧山。四位将军各自领兵去了。

再说曹操退守阳平关，急令哨兵外出打探消息。不久，哨兵回报。说蜀兵已将远近小路全部阻断，山里砍柴的地方全被敌人放火烧尽。曹操正在疑惑，又有人来报告，说张飞、魏延分兵两路，已把粮草劫去了。曹操大惊！因为粮草被劫，则军中的后勤供应成了问题；山野被烧，无处砍柴，则部队的生火问题也出现了困难。曹操无奈，只好领兵出关来战，希望凭一战之功杀退蜀兵。这次曹军出阵的仍是徐晃，蜀兵出阵的也仍是刘封。刘封打了几下又连忙败走，曹操领兵来追。突听蜀营之中炮声不断，鼓角齐鸣。曹操怕有埋伏，急忙下令后退。曹兵惊慌失措，自相践踏，死伤极多。曹操退回阳平关，刚刚歇定，蜀兵已赶到城下。他们虽不攻城，却于东门放火，西门呐喊，南门放火，北门擂鼓，不知搞什么名堂。曹操心中大惧，阳平关是不敢呆下去了，急忙弃城出逃，在蜀兵的一路追杀之

诸葛亮智取汉中

下，逃到斜谷界口去了。后来，曹操驻扎斜谷界口，见蜀兵又跟杀过来，心知此关也无法保住，勉强出战，又被魏延一箭射中，打掉了两颗门牙，只好索性放弃斜谷界口，整个汉中算是不要了，急忙逃奔许都而去。

刘备进攻汉中，诸葛亮的几番用计都非常精妙。他先是布置疑兵，鸣角击鼓恐吓敌人，疲惫敌人，迫使曹操自动后退30里，继而，又过河背水结营，引诱曹操前来进攻，然后设伏兵杀敌。曹操退守阳平关，诸葛亮又釜底抽薪，放火烧山，抢劫粮草，然后故计重演，于阳平关的四座城门外放火的放火，呐喊的呐喊，击鼓的击鼓，弄得敌人心慌意乱，遂使曹操胆气丧尽，被迫又放弃了阳平关，最终又放弃了斜谷界口，使得整个汉中之地全部归入刘备的手中。

石勒逼死王浚

南北朝时，王浚谋划当皇帝，前勃海太守刘亮、北海太守王抟、司空掾高柔恳切地劝王浚放弃这种打算，王浚把他们都杀了。燕国人霍原，很有气节、很清高，多次辞去王浚的任命。王浚又以称帝的事问他，霍原不回答。王浚就诬陷霍原与群盗勾结，杀了霍原并斩首示众。这样，士人、百姓都既怕又恨，而王浚狂妄骄纵，不过问政事，所任用的人都是苛刻的小人，枣嵩、朱硕贪婪专横尤甚。北州有民谣说："府中赫赫，是朱丘伯（朱硕字丘伯），十囊五囊，尽入枣郎。"调遣征发非常频繁，百姓无法忍受，大多叛离投奔鲜卑。从事韩咸守护柳城，极力称赞慕容庞能够接纳士人、百姓，想来讽喻王浚，王浚发怒，把他杀了。

王浚开始是靠着鲜卑人、乌桓人而势力强大，但不久鲜卑、乌桓都叛离了他。加上连年蝗灾、旱灾，军队势力更弱。石勒想袭击王浚，但不知虚实，打算派使者去观察一下，参佐请石勒效仿羊祜、陆抗以交邻之礼对付敌人，应写信给王浚。石勒因此问张宾，张宾说："王浚名义上是晋朝的大臣，实际上想废掉晋帝自立为帝，只是怕四海的英雄不听他的话罢了，他想得到将军您，就像项羽想得到韩信一样。将军威震天下，现在用谦恭的言辞和丰厚的礼物，降低身分去屈从于他，还怕他不信，何况是羊、陆势均力敌呢？谋算别人又让人家能够察觉真情，就难以达到目的。"石勒说："好！"12 月，石勒派遣舍人王子春、董肇带上很多珍宝，给王浚奉表说："我本来是小小的胡人，正逢饥饿变乱之时，四处流浪屯守，困窘不堪，流窜到冀州，想互相聚集来挽救自己的性命。现在晋朝皇室沦灭，中原无人主事，殿下是州乡高贵的名门望族，四海尊崇，作帝王的人，非您莫属。石勒所以冒死起兵，讨伐凶暴作乱的人，正是为殿下驱除这些障碍。希望殿下能够顺应天意、民意，尽快登上皇位。石勒我尊奉拥戴殿下就像对待天地父母一样，殿下体察我的心意，也应该把我当作儿子看待呀！又给枣嵩去信，并用厚礼贿赂他。

王浚因为段疾陆眷刚刚叛离，士人、百姓又大多离开了自己，听到石勒想来归附，非常高兴，对王子春说："石公是当世豪杰，占据赵、魏之地，却想做我的藩镇，这可以相信吗？"王子春说："石将军才能力量都很强盛，确实称得上皇帝了。但殿下是中州的尊贵的名门望族，威风势力已到夷人、华人地区，自古以来，有胡人辅佐君主当名臣的，而没有胡人做皇帝的。石将军并非厌恶帝王的地位而辞让给殿下，只是顾虑因为帝王自有天命，不是只靠智慧与势力就能得到的，即使强行取得帝位，也一定不被上天与人们承认。项羽虽然强大，但天下终归汉朝。石将军与殿下相比，就像月亮与太阳，因前事之鉴，才投身于殿下，这是石将军见识所以超过其他人的地方，殿下有什么可奇怪的呢？"王浚听后非常高兴，把王子春、董肇都封为侯，并用重金酬劳他们。

游纶的哥哥游统，是王浚的司马，镇守范阳，派使者去秘密依附石勒，石勒将他的使者斩首后送给王浚。王浚虽然没有将游统治罪，却更加相信石勒的忠诚，不再怀疑。

314 年 1 月 22 日，王子春和王浚的使者到达襄国，石勒藏起他所有的强壮兵士、精锐兵器，将老弱残兵和空虚的府帐给使者看，郑重地向北拜会使者而接受王浚的信函。王浚送给石勒标志风雅的麈尾，石勒假意不敢拿在手，把麈尾挂在墙壁上，早晨晚上向它叩拜，说："我不能见到王公，见他所赐的物品，就像见到他一样。"又派遣董肇奉交奏表给王浚，约定 3 月中旬亲自到幽州尊奉王浚为帝。又给枣嵩去信，请求当并州牧、广平公。

石勒向王子春询问王浚的政事如何，王子春说："幽州去年发大水；百姓无一粒粮，而王浚囤粮百万，却不赈济灾民，刑罚政令苛刻严酷，赋税劳役征发频繁，忠臣贤士都离开了他，夷人、狄人也都叛离。人人都知道他将要灭亡，而王浚自己却若无其事，一点没有惧祸之意，刚刚又重新设置官署，安排百官，自以为汉高祖、魏武帝都不能与他相比。"石勒按着几案笑着说："王浚真能活捉到了。"王浚派的使者返回蓟地，都说："石勒目前兵力阵势很弱，忠诚而无二心。"王浚听了非常高兴，更加骄纵懈怠，不再加强防备。

石勒戒严，准备袭击王浚，但犹豫不决，没有发兵。张宾说："袭击敌人，应该出其不意，现在军队戒严一整天还不出发，是不是害怕刘琨以及鲜卑人、乌桓人成为我们的后患呢？"石勒说："是的，又有什么办法呢？"张宾说："他们三个方面的才智和胆略都比不上将军，将军即使远征，他们也一定不敢轻举妄动，再说他们不知道将军孤军深入，驰骋千里去夺取幽州。轻装军队往返，超不过 20 天，即使他们真有这种打算，等他们谋划好再出兵，我们已经回来了。再说刘琨、王浚，虽然他们名义上都是晋朝的大臣，实际是仇敌。如果我们给刘琨去信，送去人质请求和解，刘琨一定为我们的服从高兴，对王浚的灭亡幸灾乐祸，最终不会为救王浚而袭击我们。兵贵神速，不要再拖了。"石勒说："犹豫不决的事，右侯张宾的解释已能使我决断，我还迟疑什么呢？"

于是石勒率军举着火把连夜行军，到达柏人县，杀主簿游纶，这是因为他哥哥游统在范阳，怕他泄露情报。又派遣使者拿着信笺并给刘琨送去人质，自己陈述罪恶，请求以讨伐王浚来报效刘琨。刘琨大喜，向州郡传布檄文，声称："我与拓跋猗卢正商议讨伐石勒，石勒走投无路，请求攻克幽都来赎罪。现在应乘机派拓跋六修向南袭击平阳，清除僭越伪逆皇帝刘聪、降服逃亡羯人石勒，顺应天意使百姓安定，辅助尊奉皇室，这是多年一直诚心请神保佑的结果。"

3月，石勒的军队到达易水，王浚的督护孙纬连忙派人告诉王浚，想指挥军队阻击石勒，游统制止了这个行动。王浚的将领参佐都说："胡人贪婪而没有信用，其中必定有诈，请攻打石勒。"王浚发怒说："石公来，正是要尊奉拥戴我，有敢说攻打的人，格杀勿论！"大家都不敢再说。王浚设宴准备招待石勒。初三，石勒早晨到达蓟城，喝叱守门卫士开门。开门后石勒还怀疑有埋伏的军队，就先驱赶几千头牛羊进城，声称是献给王浚的礼物，实际上想用牛羊堵塞住街巷。王浚这才有些恐惧，坐立不安。石勒入城后，纵兵抢掠，王浚身边的官员请示防御石勒，王浚仍然不让。石勒登上中庭，王浚于是走出殿堂，石勒的部众抓住了他。石勒召来王浚的妻子，与她并排坐着，押着王浚站在前面。王浚骂道："胡奴调戏父亲，怎么这样凶恶忤逆！"石勒说："您地位高于所有大臣，手握强兵，却坐视朝廷倾覆而不去救援，还想尊自己为天子，难道不是凶恶叛逆吗？你又任用奸诈贪婪的小人，残酷虐待百姓，迫害忠良，祸及整个燕土，这是谁的罪过呀?”石勒派他的将领王洛生用500骑兵把王浚押送到襄国，王浚想投水自尽，兵士们把他捆绑住拉出，在襄国的街市上把他杀了。

石勒杀了王浚手下的一万精兵。王浚的部将参佐争相到军门请罪，馈赠贿赂到处都是。只有前尚书裴宪、从事中郎荀绰没到。石勒把他们召来斥责说：“王浚残暴凶虐，我讨伐诛杀他，诸官都来庆贺谢罪，二君偏偏要与他同罪，将怎么逃脱死罪呢?”他们回答说：“我们几代在晋朝做官，承受着晋朝赐给的荣誉与俸禄，王浚虽然凶暴，但仍然是晋朝的藩臣，所以我们跟随他，不敢有二心。明公如果不讲德义，专靠威势刑罚，那么我们死也算是尽了自己的责任，又为什么要逃脱呢？请马上把我们处死。”说完也不辞拜便昂然而去。石勒又召他们进来，用客礼对待他们。荀绰是荀勖的孙子。石勒历数朱硕、枣嵩等人受贿乱政，是幽州的祸患，斥责游统不忠于职守，把他们都杀了。查抄没收王浚的部将参佐、亲戚的巨额家产，惟独裴宪、荀绰仅有几百套书，盐、米各有十几斛而已。石勒说：“我高兴的不是得到幽州，而是得到你们二人。”任命裴宪为从事中郎、荀绰为参军。分别遣送流民，让他们回到故乡。石勒在蓟城停留了两天，焚烧了王浚的宫殿，以前尚书燕国人刘翰担任幽州刺史，戍守蓟城，又任命了郡县长官之后回师。

石勒当初欲攻王浚时，意识到王浚的势力尚强，因而采用了张宾之计。他先是卑辞厚币给王浚，以迷惑他，使他造成错觉，减轻对自己的怀疑。另外对王浚的使者以假象迷惑，使王浚进一步放松戒备。然后整顿军队，出其不意地击败了王浚。从这个例子中，我们可看到《三十六计》中反客为主的战争原则的影子。“反客为主”中讲到乘隙插足，扼其主机，石勒正是运用了这一手段，成功地迷惑了王浚，取得了最后的胜利。

唐高祖智斗李密

隋炀帝大业 3 年秋，李渊（唐高祖）连结突厥，率兵 3 万从太原出发，打着尊立代王的旗号，兴起义师，向关中进军。大队人马行至贾湖堡处，因遇大雨滂沱，不能行军，只得暂时驻扎下来。这时，李渊接到军报，说是魏公李密领众数十万，历数隋炀帝 10 大罪恶，布告天下，起兵反隋。李渊听知这一消息，不禁大吃一惊，便与儿子李世民商量对策。世民说道：李密兵多势大，不宜与之对敌，不如暂且与他联络，也可使我军免除东顾之忧。李渊同意了世民的献策。即命记室温大雅给李密写信，希望结成同盟，共图大事。信送去不久，便收到李密回信。李密信中言词十分傲慢，虽然表示愿意结为同盟，但李密自称是盟主，并要李渊亲自去河内缔结盟约。李渊父子二人看了李密的回信，心中很是不满。但李渊转念一想，迫于势力悬殊，还是忍让为好，便又对李世民说道：李密狂妄自大，即便订了盟约也未必实行，但我们现在正进军关中，如果断然拒绝结盟，与他绝交，只会又增加一个敌人，倒不如暂忍一时，先以卑谦之词对他大大颂扬一番，让他更加志气骄盈，安住他的心，这样既可以利用他为我军塞住河洛一线，牵制隋军，又可以使我军专意西征，岂不是两全其美？待到我军平定关中后，便可“据险养威”，看着他与隋军鹬蚌相争，让我军坐收渔人之利，岂不更好?！李世民非常赞成父亲的用计，于是便再要温大雅给李密写信，大意是说：现在天下大乱，亟需有统一之主，您李密功高望重，这统一之主自然非您莫属。我李渊年事已高，对您表示诚心拥戴，只求您登位之后，仍然封我为唐王就行了……。李密收到李渊的复信，心里甜滋滋的，别说有多高兴了，满口答应李渊的要求。这样，李渊免除了东顾之忧，便挥军西进了。一路上，攻霍邑、临汾，直取长安，把一个13岁的代王侑拥立为皇帝，并且改元义宁，到第二年，隋炀帝被弑，又逼迫代王侑退位，自立为帝，称唐高祖。

且说李密自与李渊结盟后，率兵东进，所到之处，攻城掠地，节节胜利，除东都一地被隋将王世充坚守受阻外，其余如永安、义阳、弋阳、齐郡等地，以及赵魏以南、江淮以北所有揭竿诸军都望风归附。于是，李密继续强攻东都，与王世充作最后决战。这时，唐高祖李渊也派李世民、李建成领兵来到东都，名为援兵，实际上是来争地盘的。李密进攻，李世民和李建成派兵从中阻挠，以致东都久攻不下。

俗话说：物极必反。正当李密踌躇满志，决心攻下东都自立为王时，却因他骄傲自大，刚愎自用，不听贾润甫、裴仁基与魏征等人的再三忠言劝告，以致两次中了王世充的诡计，东都城下之战，竟然大败亏输，走头无路，数十万大军只剩下2万人马跟随李密惶惶退入关内投奔唐王李渊。当时李密还料想，李渊会念昔日结盟之情和灭隋之功，给自己封以台阁之位，说不定有朝一日，还能东山再起吧！可谁知这时已“反客为主”的唐主李渊却只封他一个光禄卿的闲职，另外还赐了一个刑国公的空头爵号，这使得李密大失所望。

且说李密降唐以后未得重用，心中很是不满。这一切李渊都心中有数，但表面上却格外加以羁縻，称李密为弟弟，并把舅女孤独氏嫁给李密为妻，也想是稳住他的心，可这些并不能满足李密的欲望，未过多久，他便与王伯当勾结，起兵反唐，结果被唐将彦师打败，全军覆没，李密、王伯当也都被杀死。

郭子仪平叛乱

唐朝后期，回纥和吐蕃两国，在叛将仆固怀恩的煽动下，出兵三十万，联合进犯中原。唐将郭子仪急忙率领精兵一万前去抵抗。无奈敌军势力强大，唐军尚未部署完毕，敌人已迅速将他们包围。

恰在此时，叛将仆固怀恩病死了，回纥和吐蕃大军顿失联系人物，双方将领为争夺领导权而相持不下。最终把队伍分开，吐蕃驻军东门外，回纥驻军西门外。

郭子仪得知这个消息，想起曾与回纥部族并肩作战平定过安禄山之乱，便决心趁此机会联络一下相识的回纥将领，将敌方分化。于是派部将李光瓒前往回纥军营，传达郭子仪的意见。

回纥将领药葛罗听到郭子仪仍健在的消息果然十

分欢喜，但又不免疑惑，便让李光瓒回去请郭子仪亲身来见。

郭子仪听了李光瓒的报告，不顾众将领的劝说，决心单骑入回纥营。

不久，到了回纥营地，众将领纷纷出营观看，见果真是郭子仪，便纷纷下马，跪拜迎接。郭子仪也立即下马，走到药葛罗面前，与他携手入帐。

大家互诉旧情，难免伤感一番，郭子仪乘机对他们说道："你们过去曾替唐朝立过大功，唐朝也没有亏待过你们，为什么今日听了一个叛将的挑拨，就反目成仇了呢？"药葛罗急忙解释道："我们已知上了仆固怀恩的当。他对我说，皇帝与令公均已不在，国内大乱，叫我来帮他收拾残局。现在我才明白，原来是一场误会！"郭子仪见时机成熟，便进一步劝药葛罗与唐军联合，消灭吐蕃。药葛罗欣然同意。于是摆酒欢宴，互相敬祝，洒酒为誓。

郭子仪与回纥结盟的消息传到吐蕃军营，吐蕃将领连夜率军奔逃，被郭子仪与药葛罗合力追赶，打得吐蕃军落花流水。至此，一场战乱顺利平息。

李渊灭隋

唐祖入长安

李渊本是隋王朝的贵族，继承祖上爵位当了唐国公。公元 617 年，隋炀帝派他到太原当留守，消灭农民起义军，开始打过几次胜仗，后来起义军越打越强，自己有些紧张和害怕了。

李渊有四个儿子，二儿子李世民刚 18 岁，有胆有识，喜欢结交有才能的人。李世民又慷慨好客，人们也乐于与他结交。

晋阳城官员刘文静，十分钦佩李世民，李世民也把他当成知心朋友。由于李密的原因，刘文静被关在晋阳监牢里。

李世民前去探监，挽着刘文静的手说："刘大哥，给我出个主意。"

刘文静早知李世民的意图，说："皇上远在江都，李密逼近东都，到处都有人造反，正是打天下的好时机呀！我还可以协助你收集十万人马，您父亲还有几万人，这支力量打进长安，不出半年，就可取得天下。"李世民高兴地说："您真说到我心里去了。"

恰好此时，太原北面的突厥可汗进攻马邑，李渊接连几次打了败仗，正急得不知所措。

李世民乘机劝说李渊反隋。李渊吓得要命，李世民说："父亲受皇上委派，讨伐反叛者，可造反的人越来越多，您讨伐得了吗？皇上猜忌心很重，即使您立了功，处境同样危险。"李渊还是拿不定主意。

李渊把刘文静从监牢里放了出来，刘文静帮助李世民分头招兵买马。李渊又把正在河东打仗的另两个儿子李建成和李元吉也召了回来。

太原的两个副留守得知李渊的反常举动，还想阻挠，被李渊找借口抓起来杀了。

李渊又依刘文静的计策，送厚礼给突厥可汗，并与之讲和，邀请他一起反隋。突厥可汗觉得这样做有好处，所以就答应帮助李渊。

解除了后顾之忧，李渊正式起兵反隋。他自称大将军，派李建成和李世民分别担任左右领军大都督，刘文静任司马，带领三万人离开晋阳，向长安进发。李渊一路招募人马，开仓放粮，队伍不断扩大。

唐军到了霍邑，遭到隋军老将宋老生的阻击，加之军粮运输中断，李渊想撤兵返回晋阳。

李世民说：“秋收季节，有的是粮食，我们以义兵之名号召天下，没打仗就撤退，岂不使人失望，回晋阳，是断然没有生路的。”

李渊改变了主意，不再考虑撤兵。

八月的一天，久雨初晴，唐军急行军来到霍邑城边。李渊先派李建成率几十个骑兵挑战，宋老生带三万人马出城。李世民居高临下从南面山头冲杀过来，把宋老生的队伍冲得人仰马翻，宋老生走投无路，被唐军杀掉。

攻下霍邑，唐军向西推进，在关中农民军的配合下，渡过黄河。留在长安的李渊的女儿又招募了一万多人马，号称“娘子军”响应唐军入关。

李渊集中二十万大军攻打长安。为了争取民心，李渊宣布约法十二条，废除隋的苛法禁令，并且暂时让隋炀帝的孙子杨侑做傀儡皇帝。

第二年夏天，从江都传来隋炀帝被杀的消息，李渊废除杨侑，自己即位，改国号为唐，是为唐高祖。

反客为主就是处于被动地位的要设法争取主动权与控制权，使主受客的支配与摆布。无数事实早已证明，只有掌握主动权与控制权，就可以夺取胜利。

刘永福退法军

受法国国王的派遣，海军舰队司令李威利攻占了河内。刘永福率领的黑旗军再次应越南国王之请前往救援。在几次战斗中，法军连遭挫折，损失巨大。

李威利见步兵打了败仗，就改用骑兵。他的骑兵的马都是精心选来的洋马，又高又肥。骑兵手持马刀来往驰骋，非常厉害，骑兵司令韦鹭也智勇双全。所以李威利夸他的骑兵是“无敌骑兵”。

刘永福为破法国骑兵，思索好久，终于想出一条妙计来。

这天，刘永福命令军士们连夜砍来当地的许多竹子，命他们将大毛竹截成一段段的竹筒，细毛竹削成蔑织成鸡笼，中号竹子破裂开编成猪笼。第二天黎明时分，刘永福兵分三路向法军进攻。

李威利得知黑旗军进攻的消息，就哈哈大笑地拍着骑兵司令的肩膀说："你这位无敌骑兵司令，今天就看你的了。一定要把刘永福擒来见我！"

韦鹭把胸脯一拍："司令尽管放心。刘永福只要来，定叫他有来无回！"

法军也将骑兵分三路迎敌。黑旗军见法军骑来，慌忙就向后退。李威利和韦鹭率领骑兵紧追不舍，直追到黑旗军逃进的山坳。

"刘永福！"韦鹭拍马舞刀大笑道："你逃到哪里我就追到哪里！看你往哪逃！"

李威利也大叫道："不要放走了刘永福！谁活捉了刘永福官升三级！"

他们拼命向山坳里追去。这时，一声炮响，山岗上扔下了成百上千个猪笼、鸡笼和竹筒。法军战马踩在竹筒上就被滑倒，踩到猪笼、鸡笼就被套住了马蹄，弄得马腿无法打弯，更不能行走。一匹匹连人带马被摔倒，前撞后倒，马嘶人喊，乱成一团。这时，黑旗军的大刀、鸟铳、擂木滚石大显神威。一直杀了三个时辰，"无敌骑兵"全军覆没，2000多名骑兵被击毙，李威利、韦鹭以及手下30名军官也成了刀下之鬼。

刘永福的黑旗军以落后原始的武器击败拥有长枪骏马的法国骑兵。其主要原因在于刘永福善于发挥主观能动性，创造了有利于己方的形势，他知道要想打败法军，只能先断他们的足——马，另外还要诱近了打，使法军的武器优势无法发挥。由此，他采用竹笼战法困住敌军，并把他们诱进到预设的伏击圈里，此时，法军除了被动挨打，已经别无选择了。从此例中可以看出，发挥主观能动性，创造有利的作战态势，是反客为主取得战争胜利的一大因素。

李舜臣临危受命

壬辰卫国战争中，由于昏庸腐朽的朝鲜国王中了日本侵略军施用的反间计，罢免了李舜臣的三道水军统制使职务，李舜臣苦心经营的朝鲜水军在1597年7月的作战中几乎全军覆灭，日水军在朝鲜海面毫无顾忌地自由往来，日陆军再次向朝鲜腹地推进。在这危急关头，李舜臣再次出任三道水军统制使，担当起重振朝鲜水军，挽救国家危亡的重任。

李舜臣上任后，手下只有12艘劫后仅存的战船和在他复职的路上跟来的120多名官兵，他的对手则是拥有600多艘战船和数万名水兵的日军舰队。面对这种敌众我寡、敌强我弱的形势，为了以少胜多，出奇制胜，李舜臣感到必须把敌人引诱到有利于我军作战的地形与水域中来，才能展开战斗。他便把统制使的大本营移到了金罗道的右水营。右水营的前海有狭长的鸣梁海峡和险要的珍岛碧波亭。碧波亭在珍岛的东北方，地势非常险要，前有甘釜岛阻拦，港内可隐蔽数十艘战船；碧波亭西北边的鸣梁海峡，长 2 公里多，最宽处有四五百米，狭窄处只有 300 米，每天海潮涨落四次。涨潮时，海水由东向西流向海峡；落潮时，海水由西向东急速退向海面，而且发出巨大的声音，所以得名鸣梁海峡，这里历来是海战的重要地区。李舜臣决定利用这里的险要地形，把日军引诱进来加以歼灭。为了阻挡敌船的撤退，李舜臣还利用退潮的时间，让人在鸣梁海峡与大海衔接的海面上暗设了很多铁索，插了很多木桩。

这时的日本水军在消灭了朝鲜水军的主力之后，骄傲自大，到处追歼零散的朝鲜水军和战船，企图在朝鲜水军重建之前将其全部歼灭，以解除其大军入侵的后顾之忧，牢牢控制制海权，实现丰臣秀吉的“水陆并进”计划。经过多次侦察后，9 月 16 日，日军派出 330 多艘战船和 2 万多名水军借着涨潮的时机由东向西进攻驻在鸣梁海峡的朝鲜水军。

面对在数量上占绝对优势的敌人气势汹汹的进攻，个别朝鲜水军指挥官临阵畏惧，不敢应战，李舜臣却胸有成竹，沉着指挥。他首先令部下将众多难民船和老百姓的渔船伪装成战船，排列在朝鲜水军的渔船之后，以壮军威；同时，又组织了陆战队，隐蔽在海峡两侧，准备随时消灭登岸的敌人。他说：兵法上讲“必死则生，必生则死”，我们只有拚死杀敌，勇往直前，不存生还的心理，才有可能得胜。全军将士如有畏缩不前的，一律军法从事。布置停当后，李舜臣亲率朝鲜水军战船 12 艘出战，引诱敌船驶进海峡的最险要处鸣梁口（兀突峡）。日军乘着涨潮，轮番出动战舰进攻，他们看见朝鲜水军战船很少，便把他们团团围住，发现李舜臣的指挥舰后，便扑上前来。面对敌人的攻势，李舜臣让指挥舰抛锚停船，以示寸步不退的决心，鼓舞部下将士英勇战斗。将士们见主帅如此舍生忘死，也都拚死向敌船冲去。经过浴血奋战，击沉了日军指挥舰等 3 艘战船，杀死了日军指挥官马多时。日军在失去主将和指挥后，一片混乱。这时恰好退潮，海水急速逆流向东，正是朝鲜舰队等待的时机，李舜臣立即指挥战船顺着潮水反攻，日军抵挡不住，向后撤退，企图驶出海峡。但是，退潮水浅，李舜臣事先让人暗设在峡口海面的铁索和木桩发挥作用，挡住了日军船只的退路。朝鲜水军抓住有利时机，猛烈攻打，霎时间击沉日船 30 余艘，击毙日军4000多名，取得了著名的鸣梁大捷，再次粉碎了日军“水陆并进”的作战计划。

鸣梁大捷后，李舜臣抓紧有利时机大力扩充水军，加紧制造武器和建造战船，重振了朝鲜水军，不久又得到了明朝水军的支援，从而完全掌握了战场主动权。

李舜臣在敌我兵力悬殊的情况下，能够以少胜多，反客为主正是把兵法中的“势”发挥的恰到好处。本来，日军无论从人数还是从装备上，都远强于朝鲜水军，应该说是占尽优势。但李舜臣充分利用主客观条件，创造出了对自己有利的态势，他先是把水军驻守在险要的鸣梁海峡和珍岛碧波亭，这样，日军的优势就不容易发挥，另外，他还在鸣梁海峡敌军可能退走的海面上安置了木桩和铁索，当潮退时，日军无法顺流退走，只能挤作一团，被迫挨打了。李舜臣正是充分分析了敌我双方的实际情况，然后采取相应措施，循序渐进变不利为有利，实现了“客”与“主”的转化，最终击败了敌人。

西庇阿大败汉尼拔

西庇阿（公元前236年—公元前184年），有大西庇阿和小西庇阿之分，小西庇阿是大西庇阿长子的养子。大小西庇阿都任过罗马统帅。这里指的是大西庇阿。大西庇阿作为罗马统帅，以机智果敢闻名。曾几度任罗马的执政官。因在罗马迦太基争雄的布匿战争中战功卓著和在非洲迦太基本土（今突尼斯）结束第二次布匿战争而获“阿非利加西庇阿”称号。公元前 210 年—公元前 206 年，任远征西班牙的罗马军统帅，以奇谋和巧妙的战法屡败迦太基军，征服西班牙各部落，肃清了迦太基在西班牙的势力。公元前 206 年，率军远征迦太基本土，打败汉尼拔军队。公元前 202 年，在扎马会战中击败汉尼拔率领的迦太基军。公元前 199 年任监察官并居元老院首席。晚年离开罗马城，后死于卡姆帕尼亚庄园。

西庇阿在军事上善于夺取战略主动权，注意争取同盟军，对敌作战攻其必救，长于使用骑兵。他的统帅艺术受到西方历代名将的重视。特别值得一提的是，他勤奋好学，以敌为师。他曾率军多次打败汉尼拔的军队，而他采取的战法大部分是从认真研究汉尼拔的治军作战方略中获得的。

西庇阿与汉尼拔是同时代的两位杰出的军事家。汉尼拔是迦太基（今北非突尼斯东北部）著名军事统帅，他的一生几乎全部是在迦太基与罗马争夺西地中海霸权的战争中渡过的。他具有战略眼光，足智多谋，用兵不拘陈规，经常以出人意料的行动实现其战略意图，曾率领孤军深入敌国，横扫意大利，威震罗马，取得了攻克大小城池40余座的辉煌战绩。西庇阿认真研究汉尼拔的作战方略，发现“避实就虚，各个击破”、“联盟结友，协力破敌”、“诱敌深入，逼敌决战”等都是汉尼拔在实战中常用的计谋，而且非常奏效。于是，当他统帅罗马军队同迦太基的军队作战时，就创造性地运用了从汉尼拔那儿学来的这些计谋。

三十六计之反客为主

公元前211年，罗马军队在西西里岛同迦太基军队作战，大获全胜，把迦太基军队从西西里岛上赶走了。但是在西班牙战场上，罗马军队在与迦太基军队的作战中，却遭到了惨败。在这种情况下，西庇阿率领罗马军队渡海向西班牙进军，于公元前 210 年在艾门波流门（安普利亚斯）登陆。

西庇阿登陆后，并不急于同迦太基军队决战。他首先派出侦探人员，详细了解迦太基军队的具体布防情况。他发现迦太基军队兵力分散，各据一方，而新迦太基城的防守十分空虚。于是他决定运用汉尼拔常用的“避实就虚，各个击破”的战术来对付敌人。

西庇阿集中优势兵力，向敌兵力空虚的新迦太基城实施突然袭击。由于西庇阿的兵力与新迦太基城守军的兵力相比占绝对优势，又是突然袭击，守军准备不足又缺乏友邻支援，新迦太基城很快被攻克。进城后，西庇阿立即释放了拘留在该城中的西班牙人质，并送给他们刀剑。他的这一行动赢得了当地人的好感，扩大了罗马军的影响。紧接着，西庇阿又率军进攻迦太基军在西班牙的其他各据点，并一一获胜。至公元前 206 年秋，迦太基军队全部被赶出了西班牙，整个西班牙归顺了罗马。

西庇阿是一位头脑清醒的军事家，他不为一次胜利而冲昏头脑。西庇阿把迦太基人从西班牙驱逐之后，他认为迦太基军队的实力仍然很大，决不能对其掉以轻心。迦太基军受到西庇阿军接二连三的打击之后，从西班牙撤回到本土。这个时候，汉尼拔采取的战略是，一面同当面之敌罗马军队签订暂时休战的和约，另一方面加修迦太基城的城防工事，准备固守迦太基城和乌提卡城；与此同时，紧急召回远在意大利南部的汉尼拔军和北部高卢境内的马哥军，企图收拢拳头，集中力量，再与罗马军决一雌雄。

西庇阿看到汉尼拔军缩回本土后，便果断地率军远征迦太基本土。公元前 203 年 6 月，西庇阿的军队已经进至迦太基城南侧，并很快形成了对迦太基城和乌提卡城的包围之势。

这个时候的汉尼拔，对调回本土的军队已经进行了整顿。得知西庇阿来犯，他亲自率领 2 万大军，迅速向迦太基城靠拢，很快对迦太基城南侧的西庇阿军队形成了南北夹击之势。汉尼拔和迦太基当局认为，虽然迦太基人在西班牙战场上输给了西庇阿，但是目前罗马人劳师远征，来到自己的国土，地形生疏；而自己的军队经过休整，以逸待劳，同时在本土作战，地形熟悉，群众支持，取胜的希望极大。因此，迦太基当局拒绝批准汉尼拔与西庇阿签订的暂时休战和约，并且拘禁了罗马人派来的使臣。

西庇阿得知迦太基当局不愿议和，又见汉尼拔来势凶猛，便决定运用汉尼拔常用的“诱敌深入，逼敌决战”的计谋，在迦太基本土内彻底打败汉尼拔。

西庇阿断然决定：避开汉尼拔进攻的锋芒，解除对迦太基城及乌提卡城的围困，立即率军向巴格拉达斯河上游进军，深入迦太基内陆，尽快摆脱腹背受敌的不利局面，并诱使汉尼拔军改道西进，然后创造战机，伺机决战。

西庇阿率军转移，聪明的汉尼拔并未立即追击。他一方面下令固守迦太基城和乌提卡城，静观战事发展；另一方面自己率军北上，作战略运动。

西庇阿见敌军不追击，“诱敌”、“决战”的目的达不到，便生出一计：率领部队切断迦太基城的主要粮食供应来源。这一招很快见效，迦太基的居民大感恐慌，他们纷纷要求当局赶快讨伐罗马军，恢复粮食供应。

于是，迦太基当局命令汉尼拔立即对西庇阿采取作战行动。

正在陆续北上的汉尼拔军队接到命令后，只好改变行军路线，掉头向西朝内陆方向进发。

西庇阿见敌人入了圈套，便加快行军速度，诱敌深入。汉尼拔军队急于完成歼敌任务，疲于奔命地追赶西庇阿的军队。

公元前 202 年，西庇阿率军转移到迦太基扎马城附近时，觉得这里是决战的好战场，遂将部队部署成口袋阵，并命令各部队按照划分的位置迅速选择有利地形，隐蔽起来，伺机破敌。

迦太基军在汉尼拔率领下闯入了扎马地区，钻进了西庇阿预设的口袋。西庇阿一声令下，将“口袋”口收紧，汉尼拔的军队被压缩在一块既缺水又无壁垒依托的极端不利的地方。西庇阿率军队从四面八方冲杀过来。此时，西庇阿又得到了努米底亚国王马西尼萨骑兵队的相助，如虎添翼。汉尼拔军队饥渴难忍，乱了阵脚，成了任西庇阿军队和前来相助的骑兵队任意宰杀的羔羊。汉尼拔只身逃离扎马，他的军队遭到了重大的损失。战后，迦太基不得不同罗马缔结了有利于罗马的和约。从此，迦太基也失去了其强国的地位。

西庇阿以敌为师破敌，连敌人都很佩服。有人问西庇阿：“你战胜汉尼拔采用的是什么战法？”西庇阿答：“采用汉尼拔战法！”而汉尼拔在扎马战役失败后，继续统领迦太基军队时，常常对部将说：“我们要向西庇阿学点计谋！”

英国人强夺直布罗陀要塞

18世纪初年，英国为争夺霸权地位与法国展开了西班牙王位战争。1704年，马尔博罗指挥英、荷、德联军在欧洲大陆上多次打败法军及其仆从国的军队；与此同时，英国在海上也采取了行动。为了控制地中海，从海上威胁法国，英国早就有意染指地中海事务。1704年5月，英国趁着陆战中连连获胜的有利形势，派鲁克司令指挥一支强大的英荷舰队进入地中海。鲁克同克劳德斯利·肖维尔爵士率领的增援舰队会合以后，于7月把目光转向直布罗陀要塞。这个要塞当时只是过往船只的落脚点，法国和西班牙在此还没有建立严密的防御系统，但是，它扼守着地中海的门户，夺取它对控制地中海有巨大意义。8月4日，在一阵炮击之后，黑森——达姆施塔特侯爵指挥的联军在陆上攻陷了直布罗陀要塞。这次胜利与布伦海姆战斗发生在同一个月里。法国和西班牙两国政府对于一个新的敌手进入地中海感到惴惴不安，因此，法国海军倾巢出动，寻找战机。在马拉加附近，双方进行了长期激烈的战斗，但未能取得优势。法国人决心攻下直布罗陀要塞。1704年冬和1705年初，英荷守军在达姆施塔特的指挥下，再次击退了法军的猛攻。之后，法国和西班牙在战略问题上发生了激烈的争吵。直布罗陀于是便为英国所占，成了它夺取海上优势的根本保证。

对于敌人防备空虚或力量薄弱的环节，趁机而攻取之，这是“乘隙插足”的谋略。兵法上说“乘隙插足，扼其主机”，指的就是这种情况。英国人利用法、西两国对直布罗陀要塞战略地位的轻视以及在该要塞防备的松弛，果断加以夺取，不能不说是“乘隙插足”这一谋略的成功运用。

希特勒的阿登反击战

1944年秋，第二次世界大战已接近尾声。盟军对德国展开全面反攻，但由于战线过长，兵力不足，尚需重新调整部署。希特勒抓住这个机会，集中优势兵力，孤注一掷地向盟军最薄弱的阵线——阿登地区展开了最后反击。

希特勒看到当时形势对自己很不利，只守不攻，无异于坐以待毙。他冥思苦想，费尽心机，最后终于制订出一个大胆的作战计划：集中优势兵力，出其不意发动反攻，突破盟军的防线，直捣缪斯河；再分兵两路，直插安特卫普和布鲁塞尔，夺取艾森豪威尔的主要供应基地，将欧洲盟军切成两半，消灭美军第一、九集团军、英国第二集团军和加拿大第一集团军。用这个办法一举夺回战略主动权，彻底解除德国西部边境的威胁。

为了组织兵力，希特勒下令全国实行“总体战”体制，凡年满 16 岁到 60 岁的男子，不准一人逃避兵役。到 12 月初，居然强行组织了 28 个师（其中有 9 个装甲师）的兵力，近 2500 辆坦克和重炮，戈林还答应凑足 3000 架飞机。这是一支相当可观的力量！经过仔细考虑，希特勒选定位于卢森堡、比利时和德国交界处的阿登地区作为反扑的突破口。这是一片茂密的森林地带，全长 85 英里，是盟军长达 450 英里的战线上防御最薄弱的一段。

12 月 15 日晚，天特别黑，浓雾笼罩阿登森林地区，大雪覆盖着群山。在接连几天的恶劣气候掩护下，28 个师的德军悄悄进入了进攻阵地。美军第一集团军的两个军防守着阿登战线，他们共有 6 个师（仅有一个坦克师）约 8 万人。正在酣睡中的美军官兵做梦也没有想到，德军的绝对优势兵力正虎视眈眈地待命出击。就是在盟军最高统帅部中，也没有任何人想到，穷途末路的德军竟会突然发起凶狠的反扑。

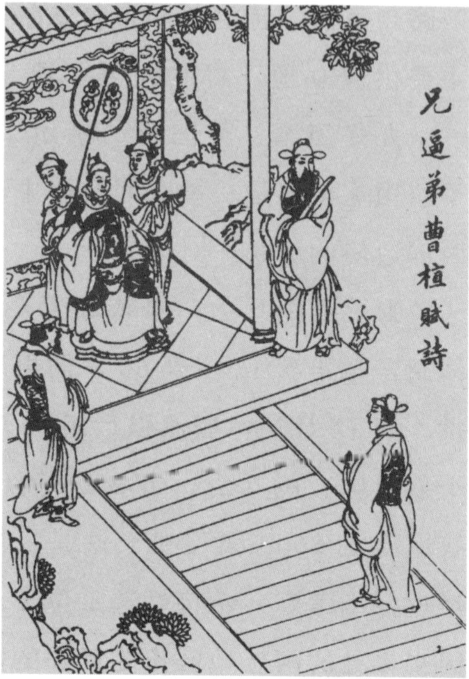

兄逼弟曹植赋诗

1944年12月16日晨，当时针指向5时30分整，密集的德军大炮突然喷出凶恶的火舌，几乎所有的美军阵地都遭到了猛烈轰击。惊恐的美军官兵慌乱地钻出睡袋，爬进掩体。电话线早被炸断，美军呆在掩体里，根本不知道是怎么一回事。炮击刚一停止，数百架德军探照灯"唰"地放光，美军还没反应过来，德军的坦克履带已经碾碎了残存的美军工事。阿登前线的美军被打得措手不及，几乎全线崩溃。

在中线进攻的德军进展神速。因为在这里防守的是正在休整补充的美军和从美国国内刚调来的新兵。12月17日晚，美军第106师约9000人被德军包围，最后被迫全体投降。这是美军在欧洲战场上一次最惨痛的失败。

在南线，德军成功地建立起了一道壁垒，保护着中线德军的进攻。还在战斗刚打响之时，希特勒就命令党卫队分子奥托·斯科尔兹内指挥一个有 2000 人的会讲英语的德军特种旅，身穿美军制服，乘坐缴获的美军坦克和吉普车，伪装成美军潜入盟军后方。他们切断交通线，杀死盟军传令兵，在交通要冲胡乱指挥美军运输；他们还散布美军司令艾森豪威尔已遭暗杀，德军已获大胜的谣言；一些小股部队越过前线，控制了缪斯河上的桥梁，使德军装甲部队主力顺利通过。由于这些特种兵的破坏，美军前线情报乱成一团。到 12 月 18 日晚，盟军最高统帅部才搞清敌情，确定这是德军的一次大规模反攻。

到这时为止，在阿登战役中，德军占尽了主动，盟军付出了惨重代价。但当盟军稳住阵脚，组织力量反攻时，希特勒犯了一个致命的错误，把初步取得的战果化为泡影。当时面对强大的盟军，德军只有迅速撤退才能免遭围歼。但希特勒听不进任何有关撤退的建议，继续下令向前推进，直到 1945 年 1 月德军付出高昂的代价后，希特勒才不得不下令撤退。

单纯从军事角度来分析，德军的反击战略是成功的，它抓住了对方的弱点，乘隙而攻。反击战贵在出其不意，同时要审时度势，知进知退。

小企业如何立于不败之地

德国有许多几十名职工的小型电子企业。在激烈的市场竞争中，这些小企业中一部分因经营不善等原因而宣告破产。也有些则能躲过淘汰的威胁，顽强地生存下来，并获得发展。位于斯图佳特市附近文德林根的曼弗雷德·里歇公司就是成功一例。里歇公司创建于1968年，是一家电子仪器制造厂，现有职工30多人。经过20多年的苦心经营，克服了种种困难，特别是经受住了1974—1975年经济危机的打击，销售额和利润都有了很大增长。里歇公司为什么能获得成功呢？它的决策思想是什么呢？

一是善于在大企业未涉足的领域中求生存。里歇公司的负责人曼费雷德·里歇工程师认为，小企业要想生产大规模的系列产品是不现实的，也是没有生命力的。小企业必须清楚地了解哪些产品是大企业不能生产和不愿生产的。小企业就是要活跃在大企业无力涉足或不愿涉足的领域，学会在这些领域生存和发展。

二是花大力量大本钱招聘和使用第一流的科技人员。他们一个十分强烈的观念是：科技人员素质低，就不能开发研制新产品，在市场上就没有竞争力，而这正是企业失败的开端。小企业尽管规模小，但必须用第一流的科技力量从事研制工作，以求经过最短的途径，把产品生产出来。一般来说，企业的负责人就应该是第一流的工程师并亲自参加新产品的研制。里歇工程师的企业就是如此。不但公司的每一项任务、财政和人事方面的决策都由他本人作出，而且所有重要的技术问题，也都由他亲自过问，亲自处理。正因为里歇是一位富有能力的企业家和科技人才，才保证了公司的蒸蒸日上。

三是下大力量降低成本和严格进行价格核算，小企业采购原材料的价钱一般要比大企业贵，加上企业规模狭小等原因，极易使成本高于大企业。因此，小企业必须比大企业更加严格进行成本和价格核算，在核算中要注意把弥补不可避免的风险和失误所造成的损失考虑在内。对此，既不要在价格面前畏缩不前(怕价格太贵)，也不要对定价过分乐观。里歇公司在这方面做得比较恰如其分，既能保证产品销路，又使企业得到一定盈利并逐步有所发展。

四是要使新研制的产品有足够的生产期限。一般说来，小企业不宜过分频繁地更换产品。因为过分频繁地更换产品而不搞批量生产，极易造成资金上的困难。里歇公司清醒地看到了这一点，所以，20多年来，他们紧紧抓住几种产品并进行连续生产，取得了成功。

五是力争找到稳定的大企业作比较固定的合作伙伴。里歇认为，小企业除了应生产别人不能和你竞争的专用产品外，还应找到一个或几个大企业作为自己比较固定的合作伙伴，向他们提供自己的产品。这样，自己的产品才会有稳定的销路，生产也能保持相对的稳定性。里歇公司在成立5年以后就得到一个经常性的买主，那是一家从事整机生产的大公司。该公司把里歇公司的仪器装配在自己生产的飞行安全系统中。这样，里歇公司就有了比较固定的基本销路。

1974年，里歇公司抓住了微处理机这个题目，他们除了生产可靠的8080中央处理机外，还提供一整套附件和外围设备组件。后来，由从事工程程序控制和调节技术的罗贝尔格博士工程办公室和信息公司以及里歇公司组成了MPS公司。里歇公司是作为硬件制造厂参加的。MPS公司有一支技术力量雄厚的工程师队伍，其中包括系统技术、软件和硬件方面的专业人员。使用这个公司专利的用户有戴姆勒—本茨公司、柯达公司、标准电气伦茨公司、西门子公司和巴伐利亚发动机公司等。有了这样一批稳定的大企业作为客户，里歇公司便获得了大发展的有利条件。

寻找市场营销的空白点

美国克莱斯勒汽车公司成立于1923年，总部设在工业名城底特律。它和通用、福特汽车公司同属美国老牌垄断企业，一直是三分天下，各持一方，共同控制着全美国95%的汽车产业，但是进入70年代后，由于忽视市场调查，没有及时调整产品结构，在节能轻便的日本轿车乘机大量涌入美国市场的情况下，克莱斯勒汽车在国内市场上的销售比重下降为8.1%，库存积压8万余辆，亏损11亿美元，积欠各种债务高达48亿美元。然而就在克莱斯勒汽车公司将要倒闭之际，在底特律的另外一角传来一条爆炸性新闻：福特汽车公司总经理亚科卡因与董事长享利·福特二世矛盾激化而愤然辞职。消息传来，克莱斯勒公司好像找到了救世主，立即决定不惜任何代价争聘亚科卡。亚科卡因其超群出众的管理才能，早在美国企业界有口皆碑。亚科卡怀着对汽车业的一往深情，于1978年11月2日出任该公司总经理。亚科卡上任后，不负众望，从各方面整顿公司，吸取过去不重视市场调研，总是错误估计形势的经验教训，于1982

年1月组织了一个60人的市场调查小组，由市场专家调查小组针对汽车市场动态、消费趋向、顾客特点偏好、燃料价格波动和家庭规模变化等与汽车销售有关的大量问题，进行了广泛而深入的研究分析。终于发现单底盘、单发动机，价格在0.8万—1.2万美元的轿车，是市场销售中的空白点，而公司原来就有这样的产品，只不过由于本身式样简单、耗油大，而失去了消费者的青睐。据此，亚科卡果断决策，克莱斯勒公司不放弃原打算退出轿车市场的念头，而是继续生产这种轿车；但在车身，样式上要多样化，注重内部结构的调整；并及时调整了经营策略。由于调整有力，很快推出了式样翻新的新产品，并采用适宜的推销手段，在价格上，广告上，销售渠道上等各方面齐头并进，并实施了有利于产品进入市场的各种策略，终于使新产品在市场上抢得一席之地。使这家曾引起全世界瞩目的濒临破产的企业起死回生，并提前7年还清了政府的巨额贷款。

第六套　败战计

第三十一计　美人计

【原文】

兵强者，攻其将；将智者，伐其情。将弱兵颓，其势自萎。利用御寇，顺相保也。[①]

【注释】

①利用御寇，顺相保也：语出《易·渐》卦："象曰：……利用御寇，顺相保也。"御寇：驾驭敌人。此处的意思是利用"顺从"的策略驾驭寇仇，保全自己。

【译文】

对付实力强大的敌人，就要以主要精力对付他的将帅；对付有智谋的将帅，就要设法找到他的弱点挫败他的意志。将帅斗志衰弱，部队士气消沉，它的势力必定自行萎缩。利用敌人的弱点，对他进行分化瓦解，就可以扭转敌我形势，从而保全自己。

【按】兵强将智，不可以敌，势必事之。

事之以土地，以增其势，如六国之事秦①，策之最下者也；事之以布帛，以增其富，如宋之事辽、金②，策之下者也；惟事之以美人，以佚其志，以弱其体，以增其下之怨，如勾践之事夫差③，乃可转败为胜。

【注释】

①六国之事秦：指战国时期，韩、赵、魏、楚、燕、齐六国屈服于秦国压力，纷纷向秦国割让土地，以表示顺服。秦国则得寸进尺，步步进逼，最后兼并六国。

②宋之事辽、金：指北宋对辽、南宋对金采取的屈辱政策，每年向它们贡献银几十万两、绢几十万匹，以求苟安，结果，宋朝积贫积弱，辽、金国力增强。

③勾践之事夫差：春秋末期，吴国打败越国后，越王勾践为达到复仇目的，采取了向吴王夫差进献美女、珍宝的策略，使之丧失了警惕。经过暗中积蓄力量，惨淡经营十年，越国终于东山再起，灭掉了吴国。

【译文】

敌方兵力强大、将帅明智的，不可以和他正面作战，势必要暂时顺应敌人。如果用割让领土的做法侍奉他，就会增强它的势力，就像战国时六国侍奉秦国那样，这是最下等的策略；如果用金钱绸缎侍奉他，就会增加他的财力，就像宋朝侍奉辽、金那样，这仍然是下等的策略；只有用美人侍奉他，消磨他的意志，削弱他的体质，并且增加部下对他的怨恨，就像勾践侍奉夫差那样，才是转败为胜，变弱为强的上策。

【计名探源】

美人计，语出《六韬·文伐》："养其乱臣以建之，进美女淫声以惑之。"意思是，对于用军事打击难以征服的敌方，要使用"糖衣炮弹"，先从意志思想上打败敌方的将帅，使其内部丧失战斗力，再行强攻。对兵力比自己强大的敌人，要制服他的将帅；对于足智多谋的将帅，要设法用声色犬马腐蚀他，使其斗志衰退，部队士气消沉，失去战斗力。利用多种手段，攻其弱点，己方顺势保存实力，由弱变强。

春秋时吴越之战，勾践兵败于吴王夫差。夫差罚勾践夫妇在吴王宫里服劳役，借以羞辱他。越王勾践在夫差面前卑躬屈膝，百般逢迎，骗取了夫差的信任，终于放他回越国。后来越终于灭掉了吴，吴王夫差拔剑自刎。

勾践灭吴，原因就是勾践成功地使用了“美人计”。

勾践被放回越国以后，卧薪尝胆，不忘报仇雪恨。吴国强大，靠武力越国难以取胜，越大夫文种献计：“高飞之鸟，死于美食，深泉之鱼，死于芳饵。要想复国雪耻，应投其所好，衰其斗志，才可置夫差于死地。”于是勾践挑选了两名绝代佳人：西施、郑旦，送给夫差，并每年进献珍奇异宝。夫差毫不设防，整日与美人饮酒作乐，连大臣伍子胥的劝谏也听不进去。公元前428年，吴国大旱，卧薪尝胆的勾践终于一举消灭了吴国，夫差只能一死了之。

【评语】

“美人计”指的是对用军事手段难以击败的敌方，要用“糖衣炮弹”（主要是用女色），先从思想意志上瓦解敌方的将帅，使其贪图安逸享乐，斗志涣散，内部分崩离析，再从而将其打垮的计谋。《六韬·文伐》：“养其乱臣以迷之，进美女淫声以惑之。”《兵法圆机·女》：“男秉刚，女秉柔。古之大将，间有借柔者。文用，以愚敌玩寇；武用，则作战驱车、济艰解危。运机应变，皆有利害。男不足，女有行。”古人认为，势力强大，兵强将智，这样的敌人不能与它正面交锋，在一个时期内，只能用假意屈服的办法对付它。这办法有多种多样，如割让土地，馈赠财物等，但这些都是下策。最好的办法是运用美人计，这可以消磨敌军将帅的意志，削弱他的体质，还可以增加他的部下的怨恨情绪。

【战例】

孔圣人斗不过美女

孔子侍坐于鲁哀公

孔子是我国古代著名的思想家、教育家。孔子的一生，流离奔波。公元前500年，孔子在鲁国当上了“中都宰”，由于政绩显著，鲁定公任命孔子为大司寇（司法部长），后来又以大司寇的职务代理鲁国宰相一职。孔子任职期间，曾协助鲁定公与齐景公会盟于夹谷，力挫齐景公，使齐景公不得不归还侵占鲁国的土地。此后，孔子把鲁国治理得井井有条，鲁国渐渐强盛起来。

齐国是鲁国的近邻，对鲁国的一举一动都格外关注。孔子把鲁国治理好了，对齐国就是最大的威胁。齐景公向文武大臣请教对策。大臣犁钼献计道：“想要阻止鲁国也不难，只要疏远鲁定公与孔子的关系，使孔子知难而退，不就大功告成了吗？”

齐景公问：“怎样才能疏远他们的关系？”犁钼回答：“鲁定公贪欢好色，大王只要给我几十名美女，我就能够完成使命。”齐王答应了。

犁钼在齐国各地挑选了 80 名美女，教她们习舞唱歌，待美女们一个个能歌能舞之后，给她们穿上最华丽的衣服，然后把 80 名美女献给了鲁定公。果然，鲁定公被美人们的娇媚容颜、婉转歌喉、奇绝舞姿给迷住了，一连数天，连朝也不上了。孔子连连上奏劝谏，鲁定公不予答理，孔子还是劝说不止，鲁定公恨孔子扫了他的雅兴，传令卫士，不许孔子再来晋见。孔子碰了一鼻子灰，还希望鲁定公能回心转意，不料，鲁定公沉湎在醉生梦死之中，连祭祀这样的大事都忘了。孔子摇摇头，仰天长叹，只好弃官离开鲁国，带领弟子们再一次周游列国去了。齐国君臣得知孔子离开鲁国，一个个拍手称快。

黄歇命丧美人计

在吕不韦想秦王的事情的时候，远远的南方，黄歇正在分析着楚考烈王熊完，他那个学生。

黄歇的日子不好过。

熊完总是对他阴着个脸，过一段时间，黄歇就不知道熊完心里在想什么，而他每时每刻都在想着，一定要牢牢地掌握住熊完，要不一切就完了。

黄歇想起了屈原，那个年轻时代自己特别佩服的一个人，而现在他却觉得正是由于自己年轻时候佩服他，才给现在的他提供了这么好的经验，他已经走向屈原的反面。

黄歇在心里给自己找到了理由，只爱国而没有国王的支持那是傻爱，屈原就是一个例子。

有的时候他也想起老莱子，特别是上一回合纵未成，他领兵从前线回来的时候，在长江边上正好遇见了老莱子。

老莱子什么也不想和他说，只在他问他干什么去了的时候，那个欢快的老头才说："大月去太湖，大雪过长江。"

真美啊，黄歇马上就想到了太湖的大月亮和大雪时的长江，可是那却不是他黄歇现在的生活，他已经在宦海里沉得太深了。

看着熊完对自己阴沉的脸，黄歇的花样也越来越多起来，一开始他将楚王封给自己和齐国相连的封地回献给了楚王，让楚国在那里设立了郡县，他看出来了，楚王特别高兴。

楚王将过去的吴地又回封给了他。

看着楚王的脸色，黄歇又一次和山东五国商量，再一次搞合纵攻秦。由于春申君的名望和门客们的奔走，又一次搞成了。可是楚兵多年没有征战，成了秦兵的主要打击目标，是他第一个率军离开了合纵的前线，跑了回来。

合纵就这么失败了。

熊完又开始找他的麻烦。

这事源于山东五国派使者来问楚王，为什么楚国说搞合纵，可是又第一个跑了？

熊完叫黄歇进宫去盘问，黄歇是淌着汗从楚王那里回来的。

还得让楚王心里有事，得像水牛一样，用一根绳子牵着走。这就是这几年来黄歇对付楚王的办法，也是楚王离不开黄歇的原因。

正好门客朱英给他出了一个主意，说过去楚国之所以不怕秦国，主要是因为都城和秦国离得远，而现在楚都和秦境离得太近，而秦兵又如此强悍，不如迁都。

“不如迁都。”黄歇重复着这句话。

迁都可是大事，一年两年干不完。

黄歇笑了，这主意真好！他马上就又回到了楚王宫，将秦兵多么厉害，楚军这么多年没有打仗，在前线如何一触即溃，而现在楚国的都城多么的危险和楚王说了一遍。

郢都失陷的惨景在熊完的眼中还历历在目。

楚王下定了决心，迁都，将都城再一次向南迁，离秦兵，离秦国越远越好，越远越安全。

楚国的都城一下子就从陈又迁到了寿春。这是楚国的第四次迁都了。

黄歇还有一个对付楚王的办法，就是给楚王找女人。

熊完并不十分好色，可是却特别需要女人，还要那些高胸大臀的女人，原因是这么多年来，熊完连一个孩子也没有，楚国就要绝后了。

黄歇就成了熊完的觅花使者，他知道，他是熊完的希望，也是楚国的希望。

可是，黄歇可没有想到在他这么费尽心思琢磨楚王的同时，一个自己的门客也在琢磨他。

真可谓是螳螂捕蝉，黄雀在后。

这个门客叫李园，一个长得水蛇腰，娘娘腔，总是让男人看着不顺眼的人。

李园看得出来这个男性的世界对他的轻蔑，而他也是一个男人，他时刻在想，臭男人们，你们现在笑吧，总有一天，我让你们永远也笑不出来。

他想出人头地，可是就是在黄歇的这些门客中，他也总是被人们嘲笑。

李园有个好妹妹，之所以说她好，那是因为她是一个人见人爱的大美人，人长得像天仙，又特别聪明，男人喜欢聪明的女人，更别说一个聪明而又漂亮的大美人了。

她的名字叫李嫣。

李园知道，自己的妹妹是一个见城倾城，见国倾国的人物，可是哪有机会让城见她，让国见她啊。

李园是赵人，他请求黄歇让他回一次家。

黄歇同意了，对于这个门客，黄歇心里觉得好笑，人长得像个女人，一切的一切都像是个女人，心也特别的细，可老天却偏偏让他是个男人。

说好了一个月就回来，可是又多过了十天，李园才从赵国回来。

黄歇觉得奇怪，这个人特别心细，从来都是守时的。

“你怎么回来晚了？”看着李园，黄歇随意一问。

“是这么回事，赵王的使者到了我家，我接待了一下，回来晚了。”李园不动声色。

“赵王的使者到你家干什么去了？”黄歇已经进了圈套。

“他想让我的妹子进宫。”

既然赵王去求，那么这个女人一定特别漂亮，而因为熊完的关系，黄歇对于漂亮的女人特别地关心。

“已经让赵王聘走了？”黄歇又问了一句。

“也就是说了说，别的什么还都没干呢！”李园还是不动声色。

“能让我见见嘛！”看着女人一样的李园，黄歇想他的妹妹该是一个什么样子啊。

“那有什么说的，我这就再回去一趟，让他来楚国一游。”李园心满意得地走了。

李嫣一下子就迷住了黄歇，这个楚国的才子，从来没有见过这么漂亮而又聪慧的女性，特别能让他动心的是这个女人有北方的那种豪迈的劲头，论喝酒，黄歇不是她的对手。

而且对于黄歇的要求，李嫣没有什么不好意思的，一夜狂欢，欲仙欲死，黄歇得到了从来没有过的满足。

他离不开李嫣了。

第二天，他给了李园两双白玉璧，五百镒金子。

让黄歇特别高兴的是，这个女人还从来不出门，以至于楚国上下竟然没有什么人知道他刚刚纳了个美妾。

刚刚三个月，李嫣怀孕了。

李嫣可是一个聪明的女子，以至于聪明到了对于男人的认识和其他女人的不同。别的女人只知道嫁汉嫁汉，睡觉吃饭。在李嫣的心里，这些女人太傻了。

她要的是能改变她命运的男人，她有着女人所必须的财富，那就是让男人一见就爱的美姿。而嫁给一个平常的人，也就只有睡觉吃饭了，而嫁给一个大官，那她就是夫人，要是嫁给一个国王呢？

李嫣想起了哥哥李园的话。

“做妾和做夫人哪个富贵？”

“当然是夫人。”

“夫人和王后哪个富贵？”

“当然是王后。”

“那就当一回王后。”李园说。

李嫣相信她的这个哥哥，这个比别的男人看起来弱小，可是心智却不比哪一个男人差的哥哥。

李嫣想，男人并不只需要强壮，而更重要的却是心智。

夜色已经笼罩了楚国的相国府，看着在自己身边无限依恋的黄歇，李嫣就觉得他还是个孩子，在感情上，哪一个男人也玩不过女人。

该行动了。

“夫君。”李嫣千娇百媚地叫了黄歇一句。

黄歇从头到脚觉得美。

“干什么？”黄歇觉得她要说些什么。

“夫君！楚王对您那么好，就是楚王的兄弟也比不过您，列国四大公子，也只有您不是王亲。”李嫣的话激起了黄歇的自豪感。

春申君

李嫣知道，男人在女人那里想得到什么，他们要虚荣，要女人的称赞。

“可是我真为您担心。”黄歇看见李嫣第一次皱了眉头，心里竟然觉得好痛。

“用不着为我担心。”

“我怎么能不为您担心呢。楚王无子，楚王一死，楚王的兄弟就是国王了，可是您当了楚国十几年的相国，哪一个楚王的兄弟不看着您眼红啊！哪一个您没有因为什么事得罪过他们啊，到了那一天，就不会有您和我的今天了！”

黄歇吃了一惊，这女人真是天下第一聪明的女子。他的事，她都知道，而且还能为他着想。

“那你说怎么办？”黄歇心想，不妨问问。

“我有一计，不仅可以为君免祸，而且还能为您增福。”

“什么计策，快说。”黄歇从床上爬了起来。

“可是我心里觉得羞愧，不敢说。”真真的千娇百媚，真真的欲擒故纵。

“说吧，我知道你是为了我好！”

“楚王无子，您为什么不将我送给楚王呢，我可是已经有了您的儿子了！”李嫣两眼死死地盯住黄歇。

一万个道道从黄歇的心里窜了出来。

他却从来没有想到一条这么对付楚王的办法。

要真是那样，楚国的天下不就是自己的了嘛。不就不用整天这么担惊受怕了嘛，这是一条多么天衣无缝的妙计啊，一万个黄歇也想不出这个计来。

黄歇从心里佩服这个依偎在他怀里的女人。

“你可真是天下第一智妇啊。”李嫣听得出来，这话说得发自内心。

楚王一见盛装的李嫣，心飞天外。

没几天他又知道这个让人爱得要死的女人，竟然又怀孕了。

天大的喜事。熊完高兴得快疯了，大臣们从来没有见过这个阴阴的楚王脸上竟然还会泛出红光来。

十个月后，李嫣生了个儿子，这样的胎儿真是能在母亲肚子里等待，他比嬴政还多在肚子里待了一个月。

李嫣的目的达到了，她成了王后，而李园也一下就成了国舅。

楚王久于女色，现在又来了李嫣，一下子就不行了。

黄歇心中暗暗自喜，他比谁都高兴。

可是春申君的门客朱英，却是一个善于观察的人，这一阵他发现从春申君那里跳了龙门的李园，开始在列国中招募死士。

他要死士干什么。

朱英想来想去，知道了，这一定是为了春申君，李园是要和春申君争权，依靠自己的妹子，从春申君手里夺权。

朱英不知道李嫣和黄歇的密事。

他决定去见一见自己的主人。

“公子，您知道天下有无妄之福、无妄之祸和无妄之人吗?”朱英说。

黄歇对于自己的这个门客还是十分欣赏的，他觉得在他那三千多门客中，也就这位还有头脑。

“什么叫无妄之福?”

“公子，算起来，您当楚国的相国已经有二十年了，名义上是相国，可您又是楚王的老师，实际上和楚王差不多；可是现在楚王已经病了，又病得挺重，太子又小，楚国还得靠您主政，日后楚王真行就认真地扶持他，不行就自立为王，这不就是无妄之福嘛!”

黄歇不动声色：“那么什么又是无妄之祸呢?”

“国舅李园多蓄死士，我想那是要向您夺权，这不就是无妄之祸嘛。”

黄歇听到这里笑了。

他心里想，就那个在腰上别了一把剑，走起路来摇晃不定，而让男人耻笑的李园，哪里敢想和他争什么权势，这可不是什么无妄之祸，而应该是无妄之事。

“那什么叫无妄之人呢?”

“我就是无妄之人。”

“怎么说?”

“您让我带兵杀了李园，绝了后患，那我不就成了无妄之人了嘛!”

黄歇笑出声来了。

“你多虑了。”

他无论如何也不相信李园会对他怎么样，更何况他还有李嫣呢！朱英的话真是天方夜谈。

朱英跑了，黄歇也没觉得什么。

十七天后，楚考烈王熊完死了。

李嫣先通知了李园，李园让黄歇进宫安排楚王的后事。

黄歇进宫的时候，正赶上王宫里禳鬼，楚王死了，要让他安全地回到阴间，诸鬼要远离楚王的灵魂，而王宫里要行傩，保证太子的安全。

傩的队伍阵容庞大，领头的全是宫里的宫人，他们身后一字排开了一百二十多名童男童女，人人头上扎着红色的头巾，身着黑衣，正好和楚王宫的建筑色彩一致。

驱鬼的主帅自然就是大名鼎鼎的方相氏，头戴黄巾四目的面具，身着熊皮，红裙黑衣，此外还有十名“神兽”，那是方相氏的助手。

黄歇走进宫门的时候，傩调已经开始唱起来了，那些童男童女，在傩中被称为振子的孩子们也随之敲响了拨浪鼓，方相氏跳进了场内，率人驱打厉鬼；

只见那方相氏正咬牙切齿地对鬼魂进行咀咒，十二个神兽也跳起了近于疯狂的舞蹈，这些高冠长顶，手持利斧的神兽，更是带着张牙舞爪的面具大喊大叫，宫内一片混乱。

就在黄歇走过行傩的人们，而要进入大殿的时候，一个“神兽”上前一步就将黄歇的头砍了下来。

李园下令将太后讨伐黄歇谋反的布告贴满全城。

黄歇的头也被挂在了城门之上。

春申君的门客一逃而光。

他的封地也被收了回来，楚国从此成了李园的天下，李嫣和一个小小的孩子一个是太后，一个是楚王，而李园是相国。

从此楚国的国事不可收拾。

司徒巧施美人计

公元 189 年，在镇压黄巾起义中卓有“战功”的董卓，率兵进入了洛阳，废掉汉少帝，立献帝，独揽朝中大权。

董卓看出丁原是他专权的障碍，遂起杀机，收买了丁原的部将吕布，将丁原杀死。

从此，董卓权倾朝野，为所欲为，竟然犯下指挥士兵屠杀无辜百姓的暴行。董卓的残暴专横犯了众怒，统治集团内部产生了分裂。

司徒王允表面上效忠董卓，暗地里却对他恨之入骨，时刻想除掉他，但苦于一时没有良策，一直心情不畅。一天晚上独自在后花园中散步，忽闻花丛后有轻微的叹息声，王允顿觉奇怪，轻步上前一看，原来是养女貂婵在叹息流泪。

貂婵自幼丧父，来到王允府中学习演艺，不但长得出众，而且十分聪明伶俐，很得王允的喜欢，大了以后被王允收为养女。

貂婵看王允来到近前，急忙起身拜见。王允爱怜地问道："是什么事使你这样伤心，夜深人静在这里叹息？"貂婵回答说："这些年来您一直待我如亲生女，我今生今世也报答不完大人的养育之恩，总想着能有机会为您效力。近来看到您心事重重，好像有什么大事发生，但又不敢动问，所以只好在夜晚向上天祈祷，为大人分忧。"

一番话听得王允十分惊讶，万没想到平日只会跳舞弹琴的貂婵，竟然暗自替自己分忧，于是道：“你心里真是这样想的吗?”貂婵见王允略有犹豫的意思，有些发急地说：“只要能为您分忧解难，我就是粉身碎骨也在所不辞!”王允扶起貂婵，心中颇为感触：“想不到汉朝的复兴还要靠她呢!”

王允带着貂婵来到内室，掩好门窗，然后说：“董卓专权乱政，权倾朝野，恐怕汉室江山，要为他所得。为了先主的重托，保住汉室江山，惟一的办法就是尽快除掉董卓，这件事只有靠你了。”说完泪流满面，向貂婵连连称谢。貂婵急忙扶住王允说：“只要是您的吩咐，就是刀山火海我也敢闯!”

于是王允授意貂婵对付董卓之计。

时过不久，董卓义子大将吕布在府中宴请宾客，王允借机派人参加，并送去许多珍贵之物。吕布不知为何居司徒高位的王允，要给自己一个小小的骑都尉送厚礼，于是决定亲去王府，一是探明究竟，一是作为回拜。

吕布到王府后，受到热情款待。王允笑着说：“您是天下的英雄，我不过是略表敬意而已，区区薄礼，实在不值得将军挂在心上。”吕布本是见利忘义之人，王允也正是投其所好，才选择他作为除掉董卓的突破口。

听到王允的称赞，吕布心里十分舒畅，话语也多了。王允命貂婵前来献酒。经过刻意修饰过的貂婵，容貌艳丽，楚楚动人，在侍女的搀扶下，由内室款款走出。吕布一见貂婵不由得两眼发直，心中暗自说："真想不到天下竟有如此美女！"吕布看得愣住，直到王允和他说话，才发现自己失态，忙掩饰地问道："小姐是府中什么人？"王允漫不经意地回答说："是小女貂婵。"随后让貂婵为吕布敬酒。貂婵为吕布斟满了一杯酒，装出一副羞涩的样子，双手献给吕布。吕布连忙接过酒杯，偷看貂婵，正巧貂婵也在看他，二人的目光碰到一起。王允见状心中暗喜，对貂婵说："你陪将军多喝几杯，让将军尽兴，今后我们还要仰仗将军呢！"然后让貂婵坐在身边。

席间二人眉来眼去，有王允在旁又不便开口说话，吕布显得有些急躁。王允见时机已到，就借故离开。王允一走只剩吕布和貂婵二人，吕布心中高兴，对貂婵问长问短，貂婵都一一回答。这时王允回到席前，暗示貂婵回避，貂婵心领神会，起身告辞吕布走向内室。

吕布按捺不住地问王允说："小姐真是美丽无比，不知何人有此大福，能娶她做夫人？"王允说："小女还不曾许配，我想高攀将军，不知您意下如何?”说完观察吕布的反应。吕布一听大喜过望，急忙向王允参拜说：“岳父大人在上，请受小婿一拜。”王允扶起吕布说：“将军不必多礼，待选个良辰吉日，就将小女送过府去成亲。”吕布再次拜谢了王允，才满怀高兴地告辞。

吕布如此贪色，他中计也是理所当然的。不知忍女色，害身害己不说，更容易被别人利用。

第二天，散朝后王允、董卓走在一起，王允邀请董卓去府上喝酒做客，董卓很痛快地答应了。隔了一天，董卓在侍卫的簇拥下，来到了王允的府邸，王允以隆重的礼节欢迎董卓，然后摆上酒席，分宾主落座，边饮酒边交谈，气氛十分融洽。王允不断奉承董卓功德无量，功高盖世，听得董卓心花怒放，连连点头表示赞同对他的吹捧。

董卓与王允越谈越投机，酒兴也越来越浓。王允举手向侍从示意，音乐声徐徐响起，伴随着乐曲走出一队歌女，个个长得国色天香，婀娜多姿，尤其是领队的那位，更是容颜照人，美若天仙，看得董卓欲仙欲醉，就问王允说：“这位漂亮的歌女是谁啊?”王允说：“是我新买来的歌女，名叫貂婵。”董卓笑道：“不但人美，名字也悦耳。”一曲终了，王允叫众人退下，留住貂婵给董卓敬酒，貂婵手捧酒杯缓步上前为董卓敬酒，董卓满脸堆笑问道："今年多大了？"貂婵微笑不语，王允在旁说："今年已经16岁了，您若是喜欢，就带回府去伺候您吧。"

董卓听后心中暗喜，但表面上却假意推辞说："君子不夺人之美，我怎能这样做呢？"王允说："如果您不嫌弃的话，就请收下，这也是抬举我了。"董卓见王允确有诚意，就顺水推舟地说："如果我再推辞，就辜负了你的一片好意了，恭敬不如从命。"说完大笑不止。

三十六计之美人计

王允将貂婵先许吕布又许董卓，一箭双雕，然后又故意传出消息，让吕布知道此事。吕布果然中计，怒气冲冲找到王允指责道："您既然已将貂婵许配于我，为何又送给董卓？”王允见状四周环顾，见没有人，就压低声音对吕布说：“这里不便细说，请将军随我回府。”说完就同吕布一同回到王府。

吕布迫不及待地问道：“有人亲眼看见貂婵在太师府中，这难道是假的不成？”王允见吕布怒火中烧，更不急于回答，给吕布让坐后，又命人献茶，然后才一副无可奈何的架势说：“前几天太师来我府中饮酒，席间说见见我的女儿，我不好拒绝，就让小女出来给太师敬酒。谁知太师见后，就十分喜爱，说府中缺人侍候，暂时让她过去，待找到合适的人，再送她回来，太师的要求我怎能违抗呢？”

吕布见王允说的合情合理，无可指责，就向王允赔罪，然后离去。

吕布回府后，坐卧不安，夜不能寐，第二天一早就借故来到太师府打探消息。侍卫告诉吕布，太师新得美人，还未起床呢，吕布听后心如刀割，但又不敢过于放肆，急得在大厅中团团转。

过了些时候，董卓来到大厅问吕布是否有事，吕布谎称刚刚听得到义父得了美人，特地前来贺喜。董卓听后，称赞吕布有孝心，并让貂婵出来相见。貂婵在吕布面前装出愁眉不展的样子，趁董卓不备时，用手指向自己的心口，然后又指吕布。吕布领会貂婵的示意，心中更加凄苦。董卓见已到上朝的时候，就和吕布一同而行。见过皇帝后，董卓留在朝中处理政务，吕布借机来到太师府找貂婵。

二人相见百感交集，到了僻静处貂婵泪流满面，痛不欲生对吕布说："我今天能见将军一面，死也甘心了，本想侍奉将军一生，看来今世是不可能了！"说完就要寻死。吕布急忙拉住貂婵，流着泪说："请你放心，我一定将你救出来，否则的话誓不为人！"貂婵听后扑向吕布说："将军待我真是恩重如山，如能将我救出来回到将军身边，就再也没人敢欺负我了。若不能实现，真就没什么盼头了。"貂婵越说越伤心，哭泣不止。

正在二人难舍难分之际，董卓突然从外面进来，见到他们情意绵绵的样子，气得大喝一声直奔过来。吕布见势不妙，扔下貂婵向外逃走。

董卓站在府门望着逃去的吕布，气得怒目横对。这时董卓的谋士李儒来到门前，看到董卓怒气冲冲的样子就问发生了什么事，董卓一言不发回身进府来到书房。李儒随后跟了进来，站立一旁，这时董卓才对李儒说明发怒的原因，扬言非杀了吕布不可。

李儒听完董卓的话，笑着劝道："太师怎么能为这点小事杀人呢？貂婵不过是个歌女而已，吕布可是朝中猛将啊！不可以因小失大。我看不如来个顺水推舟，这样可使吕布感激您，一生都为您效劳。”这时董卓的气已经消了一半，觉得李儒的话确实有些道理，就来到了貂婵的卧室想问清缘由。

董卓见貂婵仍在哭泣，就先劝慰了一番，然后说：“既然吕布对你有意，我就成全你们吧。”刚刚止住哭声的貂婵，听了董卓的话又哭了起来，说自己并无意于吕布，而是他强行无理，自己是想诚心诚意伺候太师，如果真要将她送给吕布的话，宁可一死以报太师之恩。董卓听了貂婵的一番哭诉，以为自己所见到的并不是二人私情，气也全消了，又见貂婵对自己如此忠心，很是高兴，向貂婵保证以后再也没人敢欺负她。貂婵也破涕为笑。

董卓对李儒的话并没有完全听进去。他还是不能忍受已到手的美人成为他人怀中物。如果他此时不为女色所惑，毅然决然地把貂婵赐于吕布，哪里会有后来的杀身之祸？貂婵的几滴眼泪就让他把李儒的劝告抛到九霄云外去了，只图享乐，还忍什么？什么也不忍了。

第二天，王允将吕布请到府中，若无其事地与吕布闲谈，吕布满脸愁容，心情沮丧，王允假装不知，问吕布因何事而闷闷不乐，吕布就将昨天在太师府中发生的一幕，详细地告诉了王允。

王允听后，故意气愤地说："想不到董卓已经荒淫霸道到如此地步，连自己儿子的妻子都要强娶，这不但使我无脸见人，这是将军的侮辱啊！"

吕布愤恨地说："我真想杀了他，可又怕别人议论，终究我们有父子之名啊！"王允说："将军说的有道理，看来我们只好任人欺辱了。"王允的话听起来是在赞同吕布，实际上则起到了火上浇油的作用。他十分清楚吕布的为人，不但不讲情义，素来以天下无敌手而自居，不将别人放在眼里，心胸狭窄，性格暴躁，这夺妻之恨怎能忍得下？

不出所料，王允的话音刚落，吕布就拍案而起，手握剑柄，满脸杀气，咬牙说道："我一定杀了他，报夺妻之仇！"王允见吕布决心已下，又烧了一把火，说："将军如果杀了董卓不但报了仇，重要的是为国家除去一害，可以名留千古啊！"吕布伏地而拜，表示愿意听从王允调遣。

等待数日，行动的机会终于来了。皇帝大病初愈，准备临朝召见文武官员，众臣奉命进朝拜见。

董卓由太师府乘车去未央宫，随身侍卫前呼后拥，道路两旁兵士林立。自从董卓专权以来，诛杀异己，暴虐百姓，知道树敌太多，为防暗算，每次出门外行，都内穿护身甲衣，以防不测。今天虽然有重兵护卫，仍然格外小心。

董卓的马车行至中途，王允的心腹李肃向众人发出了行动的暗号，紧接着飞步上前拔出佩剑，向董卓刺去，却不料坚实的甲衣挡住了利剑，董卓由车上迅速站起，将李肃击倒在地。这时另一人持刀上前向董卓砍去，董卓闪身躲过。情况危机，董卓大叫吕布护驾，吕布大声说道："圣上有旨，诛杀贼臣董卓！"话音未落，吕布的长戟已刺进董卓的咽喉，李肃上前一刀割下董卓的头。

董卓被杀的原因一是暴政专权，引起众愤，一是统治集团内部，争权夺势，相互倾轧。后一点是根本的原因。

当时王允和董卓在力量对比上，是敌强我弱，而且相差悬殊。如果以武力达到除掉董卓的目的，希望甚微，于是王允采取了瓦解董卓内部势力的策略，利用貂婵制造董卓和吕布之间的矛盾，进而争取吕布。

王允正确地利用了董卓荒淫贪欲的弱点，以此作为突破口，最终达到了目的。

孔明智破“美人计”

三国时期，魏、蜀、吴三国鼎立，为攻城夺地，互相争斗不休，或金戈铁马相见；或谈判桌上唇枪舌剑；或玉帛财礼暗藏杀机。而孙权招亲，刘备娶妻一事，则又是另一种斗争形式，只是红裙智谋相杂，花烛雪刃互见，更具有奇情异彩，因而被传为千古佳话。

建安十四年九月，从柴桑通往荆州的大道上，行走着十余骑。为首的一位一副儒生打扮，一脸忠厚长者的气度。他便是东吴的赞军校尉鲁肃。也是东吴之主孙权所敬重的人，东吴前部大都督周瑜的好友。

鲁肃同随从乘船、骑马、已奔走于道二天了。他一路都在为这次使命忐忑不安：刘备、孔明会顺顺当当地把荆州送还我东吴吗？我该用什么办法说服他们呢？

他细想起来，觉得刘备、孔明这伙人真有些可恶；也后悔自己失言惹来麻烦。

那是赤壁之战，周瑜乘着胜势，率领东吴精锐，来攻夺曹军占领的荆州等城，经过无数次浴血奋战，终于杀得曹兵弃城而逃。可当东吴兵从战场收兵，要以胜利者的姿态入据荆州城时，谁料那胜利的“桃子”

已被别人摘走了——刘备已在城头插上了自己的旗帜，布置了自己的军队。

周瑜一见，气得箭伤迸裂，昏厥过去。苏醒后，决意要与刘、孔决一雌雄，夺回城池。鲁肃担心孙、刘两家失和，会导致曹操回军复仇。因此他劝周瑜暂且忍耐，待他去以理劝说刘备交还荆州。周瑜只好忍气同意一试。

鲁肃见着刘备、孔明，将东吴花费钱粮军马战败曹军，而你等却安享其成，于理不顺的道理讲来。谁知孔明竟搬出荆州的旧主人刘琦来。说是代他守荆州。鲁肃见刘琦一副病入膏肓的样子，估计他将不久于人世，便要求待他死后，刘、孔须将荆州归还东吴。孔明爽快地同意了。鲁肃是个忠厚长者，竟相信了这“君子协议”。欣然回吴复命。其实孔明哪里会把到手的宝物送人呢！他答应鲁肃只是个“缓兵之计”。他清楚目前不能跟东吴干仗。己方需要赢得时间与力量去扩大地盘，等强壮了再与东吴兵戎相见不迟。

不出一年，刘琦果然一命呜呼。东吴获讯，急遣鲁肃前来索债。这就是鲁肃此行的使命。

又经一日的行程。鲁肃一行抵达荆州城下。被刘备、孔明接入城中，置酒相待。酒席上，鲁肃着重申明来意，问刘备何时还东吴荆州。谁知孔明、刘备一反前言，竟放刁耍赖，不但说占着荆州合理，而且抢白了鲁肃一顿。最后论来争去，孔明作了一个退让的姿态说："我劝我主公立纸文书，暂借荆州为本；待我主夺得西川，有了立身之地时，再将荆州交付东吴。"鲁肃无奈，只得听从。当下刘备亲笔写成借条一张，签了名。保人孔明也签了名。又让鲁肃作东吴一方的保人，签名押字。鲁肃就这样糊里糊涂收了文书，宴罢辞回；

刘皇叔洞房续佳偶

他先到柴桑郡见到周瑜。周瑜急问他："荆州可曾讨到？"

鲁肃说："有文书在此。"将借条呈与周瑜。

周瑜阅毕将文书掷于地，顿足说："你又中孔明的诡计了，他名为借地，实是混赖。他说取西川便还，知他几时取西川？假如十年不得西川，十年不还？这样的文书，如何中用，你却与他做保人！他若不还时，一定会连累你，主公要怪罪你怎么办？”鲁肃闻言又气又惧。周瑜念他是好友，便安慰他：“你且宽心住几日，待江北探子回来，再想对策。”

过了几日，探子作回报：“荆州城中扬起布幡办丧事，城外建坟，军士挂孝。”周瑜惊问：“什么人过世了？”探子答：“刘备的甘夫人过世。”

周瑜急唤来鲁肃说：“我有计了，保使刘备束手就缚，荆州反手可得！”鲁肃请教何计。周瑜说：“刘备丧妻，必将续娶。主公有一妹，正当妙龄，又颇有姿色，且性格雄毅，足配刘备。我上书主公，教人去荆州作媒，说刘备来迎亲。骗到南徐，妻子不能得到，囚禁在狱中，却使人去讨荆州换刘备。等他交割了荆州城池，我再处理刘备。这样，你担的干系也就勾销了。”鲁肃拜谢。周瑜写了书呈，选快船送鲁肃投南徐见孙权。

鲁肃飞抵南徐拜见孙权，先说借荆州一事，呈上借条。孙权阅毕批评鲁肃说：“你怎如此糊涂？这样的文书，要他何用！”鲁肃忙说：“周都督有书呈在此，说用此计，可得荆州。”孙权看毕，点头暗喜。寻思一下，召来吕范。说明要差他作媒的意思。吕范欣然领命，即日收拾船只，带数个从人，望荆州而来。

却说刘备自从死了甘夫人，昼夜烦恼。一日，正与孔明闲谈，人报东吴使者吕范到来。孔明笑说："这必是周瑜为荆州而来耍花样了。亮在屏风后暗听。对方有什么话，主公先不妨应承下来。然后留来人在馆舍中安歇，再作商议。"

刘备请吕范入。礼毕坐定，刘备问："贵宾前来，必有所教。"吕范说："节近闻皇叔丧偶，现有一门好亲，特来作媒，未知尊意如何?"刘备说："中年丧妻，人生大不幸。但死者骨肉未寒，怎忍心就议亲?"吕范说："人若无妻，如屋中无梁。岂可久使屋中无梁呢?我主公有一妹，貌美而贤惠，足可侍奉皇叔。若孙、刘两家共结秦晋之好，则曹贼不敢窥视东南。这事于家于国两有利，请皇叔勿疑。但国太吴夫人甚爱此女，不肯远嫁，必求皇叔到东吴结婚。"刘备问："此事你主公知否?"吕范答："不先禀主公，如何敢造次来说!"

刘备寻思一会说："我年已半百，鬓发斑白；你主之妹，正当妙龄，恐不般配。"吕范说："我主之妹，身虽女子，却志胜男儿。常说：'若非天下英雄，我不侍奉。'现在皇叔名闻四海，万人仰望，正所谓淑女配君子。岂以年龄相限呢！”刘备说：“公暂住下，来日回报。”于是设宴相待，安置于馆舍。

当晚，与孔明商议。孔明说：“来意我已知道了，欲用‘美人计’赚主公。刚才我用《易经》卜卦，得一大吉大利之兆。主公不要拒人盛情，只管应允他。先诱孙乾和吕范回见孙权，面许已定，择日便去成亲。”

刘备说：“周瑜定计欲害我，岂能轻入危险之地？”

孔明大笑说：“他周瑜虽能用计，岂能出我诸葛亮之料呢？我只略用小谋，将使周瑜半筹莫展；孙权之妹，又属主公；荆州又万无一失。”

刘备还是犹豫不决。孔明竟教孙乾往江南说合亲事。孙乾面领了言辞，与吕范同到南徐，来见孙权。孙权好好款待他，当面答应许嫁小妹给刘备。

孙乾拜谢，回荆州见刘备，说：“吴主专候主公结亲。”

刘备怀疑不敢往。孔明却一力撺掇他去，说：“我已定下三条计策，并派子龙同往，可保无虞？”于是唤赵云近前，附耳说：“汝保主公入吴，当领此三个锦囊。囊中有三个妙计，你可按次序使用。”即取出三个锦囊，给赵云贴肉收藏。

孔明又派人往东吴纳了聘礼，一切手续完备。

十月中旬，刘备与赵云、孙乾取快船十只，壮士五百余人，离了荆州，前往南徐进发。一路上，刘备怏怏不快，心里极不踏实。

刘备一行晓行夜宿，好不容易来到南徐。船一停岸，赵云暗思：军师吩咐三条妙计，依次而行。今已到此，当先开第一锦囊来看。于是开囊看了计策。便唤五百随行军士，一一吩咐如此如此，众军领命而去。

赵云又请刘备先往拜会乔国老。那乔国老乃是在东吴备受尊崇的人物。他有两个姿容绝代的女儿，被人称“二乔”。小女嫁周瑜，大女嫁孙权的哥哥孙策。乔国老现正居于南徐。刘备牵羊担酒，以后生之礼拜候国老。说是吕范为媒，自己前来娶亲之事。国老高兴作贺。

那五百军士，俱都披红挂彩，入大街小巷采办物件，逢人便说主人已入东吴作女婿。弄得城中尽人皆知，成为街头巷尾的热门话题。

孙权知刘备已到，教吕范相待。暂就馆舍安歇。

却说乔国老已见刘备，便入见吴国太贺喜。吴国太就是孙权之母。国太不解地说：“我有什么喜事值得国老前来相贺呀?”

国老睁大眼睛说：“咦？公女已许刘备为夫人。现在刘备已到，何故相瞒?”

吴国太大惊说："老妇却不知道这回事！"

便使人去请孙权来问虚实，一面先使人在城中探听。探人回报都说："果有此事。女婿已在馆舍安歇，五百随行军士都在城中买猪羊果品，准备成亲。做媒的女家是吕范；男家是孙乾，都在馆驿中相待。"国太大吃一惊。

不久，孙权处理完公事入后堂见母。国太捶胸大哭。孙权慌问："母亲何故烦恼？"国太说："你长大了，眼里竟丝毫没有我了！"

孙权大惊说："母亲有话明说，何苦如此？"

"男大须婚，女大当嫁，古言常理。我是你母亲，大事当禀告于我。你招刘备为婿，如何瞒我？你妹妹是我的女儿！"国太的话飞口而出。

孙权又吃了一惊忙问："哪里听到这话来？"

国太说："若要人不知，除非己莫为。满城百姓，哪个不知？你倒瞒我！"

乔国老笑着说："老夫已知多日了，今特来贺喜。"

孙权见瞒不住了，便说："这是周瑜之计，因要取荆州，故假借娶亲名义，骗刘备到此拘囚起来，要他把荆州来换；若其不从，先斩刘备。这是计策，并非实意。"

国太大怒，遥骂周瑜："你做六郡八十一州的大都督，竟无一条计策去取荆州，却拿我的女儿来使什么‘美人计’。须知杀了刘备，我女儿便是‘望门寡’，日后再怎么说亲？这不是误了我女儿一世！你们做的好事！”

国老说：“若用此计，即得荆州，也被天下人取笑。此事如何干得！”

说得孙权默然无语。

国太不住口地骂周瑜。国老劝道：“事已如此，刘皇叔乃汉天子宗亲，不如真个招他为婿，免得出丑。”

孙权说：“年纪恐不般配。”

“刘皇叔乃当世英杰，若招到这个女婿，也不委屈了令妹。”国老说。

国太说：“我没见过这刘备。明日约在甘露寺相见。如不中我的意，任凭你们行事；若中我的意，我自把女儿嫁给他。”

孙权乃大孝之人，见母亲这么说，随即应承。出外唤吕范，吩咐来日在甘露寺方丈设宴，国太要见刘备，可通知他。吕范说：“何不令贾华统领三百刀斧手，伏于两廊；若国太不中意时，一声号举，两边齐出，将他拿下。”

孙权遂唤贾华，吩咐预先准备，到时只看国太的喜怒而行动。

却说乔国老辞别吴国太而归，使人速报刘备说：“来日孙权、吴国太亲自要见你，好生在意！”

刘备与孙乾、赵云商议。赵云说：“来日此会，凶多吉少。云自引五百军保护主公。”刘备点首。

次日，吴国太、乔国老先在甘露寺方丈坐定。甘露寺座落在镇江市北固山上。高宇宏阔，树木排映，浩浩长江从眼前流过，好一派江山胜景。

不久，孙权引一班臣僚亦到寺，便教吕范去馆驿中邀请到刘备。

刘备内穿精细铠甲，外着锦袍。从人背剑紧随，上马投甘露寺来。赵云全副武装，引五百军随行。

侄陷叔刘封伏法

来到寺前下马，先见孙权。孙权细观刘备，见此仪表非凡，心中有畏惧之思。二人叙礼毕，遂入方丈见国太。

国太见了刘备，左右上下打量个遍，然后大喜，笑对乔国老说："这真是我的女婿！"国老说："刘备有龙凤之姿，天日之表；更兼仁德遍布天下。国太得此佳婿，真可庆贺。"

刘备一一拜谢。于是与众人共入酒席。酒宴就设在方丈内，大家谈些闲话，气氛融和。

酒过二巡，忽赵云带剑而入，立于刘备之侧。国太问道："这是什么人？"刘备答："常山赵子龙！"国太忙问："莫非就是当年长坂坡出入百万曹军，救护阿斗者？"刘备答："正是！"国太肃然起敬说："这才是真正的将军！"起身赐赵云美酒一杯。赵云饮毕谢过。轻声对刘备说："刚才云在廊下巡视，见房内有刀斧手埋伏，必无好意！可告知国太。"

刘备乃跪于国太席前，哭着叩头说："若要杀刘备，请就席前诛戮！"

国太吃惊说："为什么说这种话？"

刘备说："廊下暗伏众多刀斧手，不是要杀刘备是干什么用？"

国太大怒，责骂孙权："今日刘备已为我婿，即是我的儿女。何故伏刀斧手于廊下？"

孙权佯作不知，唤吕范来问；吕范推贾华；国太唤贾华责骂，贾华默然无语。国太喝令推下斩首。

刘备忙求情说："若斩大将，于亲事不利，刘备就难于久侍大人了。"乔国老也从旁相劝。国太方叱退贾华。刀斧手都抱头鼠窜而去。

出此风波，孙、刘皆无心饮酒。无奈国太已喜欢刘备。苦劝留饮，所以饮至午后方散席。

刘备回馆后，与赵云、孙乾谈起今日酒席间的风险，都有些后怕。孙乾说："主公只有急求乔国老，让他去求国太，早早毕婚，免再生别事。"

次日，刘备复至乔国老宅，拜见国老，告道："江南之人，多有要害刘备的，恐不能久居。"

国老说："贵人请宽心。我为你告国太，令作护持。"刘备谢自回。

乔国老入见国太，说刘备恐人谋害，急急要回。国太怒道："我的女婿，谁敢害他！"即时便教搬入书院暂住，择日完婚。

刘备自入告国太说："只恐赵云在外不便，军士无人约束。"国太教尽搬入府中安歇，不要留在馆驿中，免得生事。刘备暗喜。

几天后，国太府内张灯结彩，大排宴会，宾至如云，刘备与新妇举行婚宴。

至晚客散，两行红炬，接引刘备入房。明耀的灯光下，只见枪刀簇满；侍婢皆佩剑悬刀，排列两旁。

刘备疑是东吴伏兵洞房，吓得魂不附体，转身要跑。

一个穿着体面的管家婆见状，忙笑着拉住刘备说：“贵人莫要惊惧，夫人自幼喜欢武事，平常也令侍婢击剑为乐，所以洞房才布置成这模样。”

刘备这才放下心来，对管家婆说：“这不是夫人所应热衷的事。我心里有些恐惧，可命暂时将兵器去掉。”

管家婆回禀孙夫人说：“房中摆列兵器，新姑爷不安，今可暂时撤去。”

孙夫人笑说：“厮杀半生，还惧兵器吗？”命尽撤去，令侍婢换装改服。

夜深了，刘备与孙夫人同眠于床，情浓爱密，非常欢洽。

次日晚起，刘备很是欢心，将金帛遍散侍婢，以买其心。又教孙乾回荆州报喜。自此连日饮宴。国太十分爱敬。

在吴国太的干预下，一场假戏变成真演。孙权暗暗叫苦，但也无奈。只得差人来柴桑告知周瑜。周瑜闻讯大惊，叫苦不迭，行坐不安。冥思苦想，又得一计，修下密书一份，交付来人持回见孙权。孙权拆书细览，见大意说：

“既已弄假成真，便可将计就计。刘备有如蛟龙，又有孔明、关、张等人为云为雨。所以这条龙不可放归江海。我认为不如软困于东吴；为他大筑宫室，以丧其志；多送美色珍玩，以迷其耳目，使他与关、张、孔明分隔，以疏远他们的感情。然后以大兵进伐，大事必成。今若放走，恐蛟龙得云雨，必为东吴劲敌。”

孙权阅毕，又给大夫张昭看，张昭说：“都督之谋，正合我的心意。刘备出身低贱，一生奔走天下。未曾享受过富贵。今若以华堂大厦，美女金帛，供他享用，自然疏远孔明、关、张等，使他们各生猜疑，然后荆州可图，主公可迅速实施都督之计。”

孙权大喜，即日差工役修整东府，广栽花木，盛设用品，请刘备与妹妹居住；又送女乐数十人，外加无数金玉锦琦好玩之物。吴国太只说儿子是一番好意，喜不自胜。

那刘备自搬进新居后，果然被声色珍玩所迷，全然不想回荆州。

岁月如梭，转眼已到年终，赵云猛然想起临行孔明付与三锦囊，教我一到南徐开第一个；住到年终开第二个；临到危急无路再开第三个。此时岁已将终，主公贪恋女色，难得见面，何不拆开第二个锦囊，看计而行。

于是拆开看了。马上就径到府堂。让侍婢通报，有急事要见主公。玄德唤入。一入门，赵云作失惊之状说："主公，大事不妙！今早军师使人来报说，说曹操要报赤壁之恨，起精兵五十万，杀奔荆州。请主公速回应敌。"

刘备大惊，说："待我告了夫人，即便起程，"赵云说："若和夫人商议，必不肯放主公归。不如别说，今日便好起程，"刘备说："你且暂退，我自有办法。"

刘备入见孙夫人，暗暗流泪。孙夫人问："丈夫何故不乐?"刘备答："新春将临，人人都准备祭祖；而备孤单飘落异乡，有祖宗不能祭祀，所以忧郁伤心。"孙夫人笑道："你休哄我，我已听到了！刚才赵子龙报说荆州危急，你欲返回!"刘备跪告说："夫人既知，备岂敢再瞒。备若不去，荆州必失；欲去，又舍不得夫人；因此烦恼。"夫人说："妾已事君，君到哪，妾相随。"刘备说："感谢夫人！只是国太与你兄怎肯让你去?"言毕，泪如雨下。孙夫人劝说："丈夫不要烦恼。妾当苦告母亲。必放妾与君同去。"刘备说："纵然国太肯时，你兄也必然阻挡。"孙夫人沉吟良久，才说："妾与君元旦拜贺时，推称江边祭祖，不告而去，行吗?"刘备又跪下谢道："若如此，生死难忘。"

建安十五年新春元旦，孙权大会文武于朝堂，庆贺新春，刘备与孙夫人入贺国太。孙夫人说："夫君念父母坟墓，俱在北方，今日欲往江边。望北遥祭，请母亲恩准。”国太说：“这是孝道，岂有不从之理？你亦当与夫同去祭拜，以尽为妇之礼。”孙夫人同刘备拜谢而出。

此时只瞒着孙权。夫人乘车，只带随身一些细软。刘备上马，引数骑跟随出城，赵云早领军士在城外大道等候，众人会齐，离了南徐，趋程而行。

当日，孙权在宴会上大醉，左右近侍扶入后堂，文武皆散。等到众官探得刘备夫妇逃遁时，天色已晚。要报孙权，他又酒醉不醒。待到他酒醒，已是五更天气。

孙权闻知走了刘备，急唤文武商议。张昭说：“今日走了此人，早晚必生祸乱。可急追之。”孙权令陈武、潘璋选五百精兵，不分昼夜，务必捉拿回报。

二将去后，孙权深恨刘备，将桌上玉砚摔得粉碎。大将程普在旁冷笑说：“主公空有冲天之怒，普料二将必擒不来此人。”孙权说：“二人岂敢违我命令！”程普说：“令妹自幼好观武事，严毅刚正，诸将都惧怕她。二人即使追上，若公妹阻拦，岂敢下手？”孙权大怒，拔身上佩剑，唤蒋钦、周泰吩咐道：“你二人拿这口剑，去取我妹及刘备头来；违令者斩！”蒋、周二将领命，引一千军马赶去。

刘备一行离了南徐，马不停蹄，日夜兼行。将到柴桑郡边界望见后面尘头大起，人报“追兵来了！”赵云说：“主公先行，云愿断后。”刘备刚转过山脚，前面又一彪军马拦住去路。当先两员大将，在马上哈哈一笑说：“刘备快快下马受缚！吾奉周都督将令，在此恭候多时了！”原来周瑜恐刘备偷走，早使徐盛、丁奉引三千军驻扎重要之处，时时了望。今日拦个正着。

刘备慌忙勒回马问赵云：“前有拦截，后有追杀，怎么办？”赵云说：“主公莫慌。军师有三个锦囊，吩咐在危难之时拆第三个。目前危难当头，是拆第三个的时候。”便将锦囊拆看，又献与刘备，自去将兵摆开阵势。刘备看完，急来前往告孙夫人说：“备有心腹之言，到这时候该实告夫人了！”夫人说：“君有话尽管说。”刘备说：“这次令兄招亲，实是为了荆州，不过以夫人为香饵而钓刘备。刘备不惧万死而来，是慕夫人雄毅贤惠之名，欲得一贤内助。现在陷入前堵后追的危境，非夫人莫解此灾了。如夫人不允，备请死于车前，以报夫人之恩。”夫人怒道：“吾兄既不以我为骨肉，我又何必视其为亲人？今日之危，我自当解救！”

于是叱亲随推车直前，卷起车帘，亲喝徐、丁二将说：“你二人想造反啊？”二将慌忙下马，放了兵器，揖于车前说："不敢造反，为奉周都督将令，在此专候刘备。"孙夫人大骂："周瑜逆贼！我东吴并没亏待你！刘备乃我丈夫，我两人已对母亲、哥哥说明回荆州去。你却派人拦截，想要动我夫妻财物呀？"丁、徐二

曹丕废帝篡尖刘

将连忙说："不敢，请夫人息怒。这不干我们的事，而是周都督的将令。"孙夫人叱道："你们只怕周瑜，独不怕我？周瑜杀得你，我难道杀不得周瑜？"把周瑜大骂一场，喝令推车前进。

徐盛、丁奉自思：我等下人，岂敢与夫人违拗？又见赵云怒目圆睁，只得把军喝住，放条大路让过去。

才行不到六七里，背后陈武、潘璋赶到。徐、丁二将迎着细言其来。陈、潘二将说："我二人奉主公将令，特来追捉刘备，休放他走！"

于是四将合兵一处，趋程赶来。

刘备见后面喊声大起，又告孙夫人说："后面追兵又到，怎么办？"夫人说："丈夫先行，我与子龙断后。"刘备引三百兵，朝江岸走去。

子龙勒马于车旁，将士卒摆开，专候来将。四员将见了孙夫人，只得下马，叉手而立。夫人大声问："陈武、潘璋，到这来干什么？"二将答："奉主公令，请夫人、刘备回去。"夫人正色叱道："我奉了母亲慈旨，令我夫妇回荆州。便是我哥哥亲来，也不能强迫我，难道不怕我母亲吗？你们倚仗兵威，想要杀害我吗？"骂得四人面面相觑。都知道孙夫人不好惹，军中又不见了刘备，只见赵云怒发冲冠，只待厮杀。因此喏喏连声而退。孙夫人令推车便行。

四人领兵沮丧而返，忽见一军如旋风而来，一瞧，是蒋钦、周泰。蒋、周二人问："你等曾见到刘备吗？"四人说："过去已半日了。"蒋钦问："为什么不拿下？"四人叙述孙夫人发威之事。蒋钦说："主公正担心这个。因此授我们佩剑，教先杀他妹，后斩刘备。"四将说："走得已很远了，怎么办？"蒋钦分派说："他只是些步军，谅不得出柴桑地界。徐、丁二将军可飞报都督，教水路划快船追赶；我四人在岸上追赶。无论水旱之路，赶上便杀，休听他胡言乱语。"

于是徐、丁二将飞报周瑜；其余四将引兵沿江追去。

刘备一行急急逃命，此时已来到湖北石首县西北的刘郎清，沿着江岸寻渡，一望江水弥漫，并无船只。刘备急令赵云远近寻找，忽报后面尘土冲天而起。刘备登高而望，只见军马盖地而来，长叹说："连日奔走，人困马乏，追兵又到，必死无疑了。"

喊声越来越近，正慌急跑着，忽见前面江岸边一字儿排着拖篷船二十余只，赵云大喜，说："天幸有船在此！何不速下，划过对岸，再想办法！"刘备与夫人便奔上船。子龙与五百军士也都上了船。

刘备正欲到船舱寻梢公，只见船舱中一人纶巾道服，大笑而出，说："向主公道喜！诸葛亮在此等候多时。"船中扮作客人的，都是荆州水军。刘备握着孔明的手，惊喜交集。

不久，东吴四将赶到。孔明笑指岸上的人说："我已算定多时了。"你等回去转告周瑜："以后别再使'美人计'的手段。"岸上乱箭射来，船已开远了。蒋钦等四将，只好呆看。

刘备等人正在船中叙阔别之情，忽闻喊声大震。回细看，只见战船无数。帅字旗下，周瑜自领水军，左有黄盖，右有韩当，飞速追来。眼看赶上，孔明命划船到北岸，弃了船，上岸而行，车马登程。

周瑜赶到江边，也上岸追袭。大小水军，尽是步行；只有为首军官骑马。周瑜一马当先，望见刘备车马不远，下命令全力追击。

赶到一山脚下，一声鼓响，山谷内突出一彪人马，为首大将，手持大刀，长须拂胸，乃是关云长。周瑜一见举止失措，急转马回奔，关云长纵马追赶。正奔走间，左边黄忠，右边魏延两军杀出，吴兵大败。

周瑜与诸将逃得性命，回船坐定。只听岸上对方军士在齐声大叫："周郎妙计安天下，陪了夫人又折兵！"周瑜气得大叫一声，箭伤迸裂，昏倒船上。待众将救醒时，岸上已杳无人踪。

阉宦巧施美人计

崔胤上请昭宗皇帝清除和诛杀宦官，只用宫人掌管内宫的各项事务。唐昭宗则诏令崔胤："凡机密事宜用密封的方式奏知，不要口头禀奏。"宦官们听说后十分紧张，韩全诲等人在唐昭宗面前涕泣哀求，留在内宫。他们还四处寻求识文断字的美貌女子数人，接进宫中送给昭宗，让她们暗中刺探唐昭宗及宰相崔胤的活动。于是，崔胤的各种密谋都被这些美貌的女子侦知，并转告给了宦官，唐昭宗竟然没有一点察觉。韩全诲等人得知崔胤的密谋后更加恐惧，每当宴聚，常流涕诀别，日夜图谋摒除崔胤的诡计。当时崔胤主管三司使的事宜，韩全诲等人就教唆宫中的禁卫军向昭宗喧噪，指控崔胤擅自减损冬衣，在众人和宦官的压力下，唐昭宗不得已而解除了崔胤盐铁使的职务。

当时朱全忠和李茂贞都有挟持天子以令诸侯的打算。朱全忠想挟持昭宗到东都洛阳，李茂贞则想挟持皇帝西幸凤翔。崔胤得知诛杀宦官的密谋已经泄露，事态很危急，就给朱全忠写了一封信，声称蒙受皇帝的密诏，让他出兵迎驾。唐昭宗光化四年（公元901年）冬十月二十日，朱全忠从大梁发兵，十月三十日行进到河中，上表请求唐昭宗到东都洛阳。当时京师长安十分恐慌，城中士民都纷纷逃亡山中，百官也都闭门不上朝，宫阙前寂静无人。

十一月初四，韩全诲等人陈兵殿前，向唐昭宗实行兵谏："朱全忠正率大队人马进逼京师，想劫持皇上到洛阳，请求禅让；臣等则请陛下西行凤翔，收兵抵抗朱全忠。"唐昭宗不答应，手持佩剑登上乞巧楼。韩全诲等人又逼迫昭宗下楼。昭宗刚走到寿春殿，宦官李彦弼已在御院纵火。这一天是冬至，昭宗独自坐在思政殿，一只脚翘着，一只脚踏着殿槛。庭无群臣，旁无侍者。不一会儿，唐昭宗被迫不得已，只好与皇后、妃嫔、诸王百余人都上马随韩全诲西去凤翔，此时恸哭之声不绝，及出宫门，再回顾宫中，已是大火熊熊。

种世衡女间收羌

羌族酋长慕恩的部落军力最强，种世衡曾在夜晚邀请慕恩到他的军营中饮酒，并且让一位美貌的侍姬倒酒给慕恩喝。过了一会儿，世衡假装有事起身入内室而去，暗中从墙壁的缝隙中观察慕恩的行动。慕恩看世衡不在，趁机调戏侍姬。正在此时，世衡从内室走出并制止慕恩的无礼行为。慕恩感到又惭愧又恐惧，立即向世衡请罪。世衡笑着说："你想要她吗？"随即把那侍姬送给了慕恩，慕恩感谢不已，从此之后死心塌地为世衡尽力。

以后，只要诸部族中有对朝廷二心或叛逆的，世衡就让慕恩去征讨之，慕恩每战必胜，战无不克。兀二这个部族，一度不服从世衡的命令，世衡招之不来，因此，世衡命令慕恩出兵诛讨他。结果兀二族大败，其所属的一百多帐幕的百姓都主动归顺世衡，不敢再对朝廷有贰心。以后，世衡让边疆各部落都建置烽火台，哪里有紧急情况就举燃起烽火，其他各部落立即准备人马，随时可以投入战斗。

荐美女乙辛受宠

辽代道宗皇帝大康元年，皇太子开始参预朝政，整饬法律制度，使之清明。奸臣耶律乙辛因不得任意妄为而图谋诬陷皇后。皇后被逼迫自杀。乙辛心中有鬼，忐忑不安，又想动摇皇太子的地位，予以谋害。他乘道宗皇帝空闲之机入奏说："皇帝和皇后就好比天地同位并存，皇后怎么能够空缺呢?"于是竭力赞美他的同党驸马都尉萧霞抹的妹妹美丽而贤惠。道宗皇帝听信了，遂将萧霞抹的妹妹接进宫来，不久即册封为新皇后。当时皇宫的护卫官萧忽古深知乙辛奸诈肆虐，曾伏桥下想除掉他，结果瞬间的暴雨把桥冲坏，计谋没能成功。林牙院士萧严寿也曾密奏道宗皇帝说："奸臣乙辛自皇太子参预朝政后，心怀鬼胎，疑忌恐惧，又和宰相张孝杰附会串通，恐怕另有图谋，不可让他身居要位。"道宗皇帝遂贬迁乙辛为中京留守。乙辛假装流涕地对人说："我无过错，因遭谗言被贬出。"他的同党萧霞抹等人又故意让道宗皇帝听到乙辛的这些话。道宗皇帝感到后悔了，没过多久，就贬迁萧严寿为顺义军节度使，又诏左右近臣商议召回乙辛的事。北面官属都不敢表示不同意见，只有耶律撒剌说："当初是因为萧严寿的禀奏贬迁乙辛的。如果萧严寿所言不当，应该处以诬陷罪；如果所言属实，则不应该召回乙辛。"耶律撒剌屡次进谏，道宗皇帝始终不听，于是乙辛又被召为北院枢密使。

神秘女郎行动

汉王正位续

公元1935年春节，"山东王"韩复榘声称要"与民同乐"和大家一起欢度春节，便下令济南市地方上组织各种民间文艺活动，放假三天，组织提灯会。一时，高跷、龙灯、狮舞、旱船等各种民间歌舞及杂耍沿着繁华的街道上一路耍来，街两旁都挤满了观看的人群，各种小贩也到处叫卖，好不热闹。

这天是大年初二的晚上，韩复榘正在小纬二路的一幢小楼里和几个省府委员和高级参谋在搓麻将。突然，门帘一掀，闯进一个人来。此人瘦长个子，穿着一件灰布长袍，上身罩了件青布坎肩，一顶黑色西瓜小帽顶在头上，打扮是个二爷。他神色慌张，快步走到韩复榘身边，结结巴巴地报告道："主席，不好了！"

韩复榘定睛一看，是自己的亲随张富贵，将手里八筒一甩，忙问："什么不好了！"

"张委员，他，他被人杀了！"张富贵道。

"哪个张委员？"韩复榘将面前的牌一推，"嚯"地站了起来问。

原来，当时山东省政府里，有两个姓张的委员，一个是省党部书记长张苇村，一个是张鸿烈。

"是张书记长！"张富贵道。

韩复榘双眉一竖，继续问道："在哪里？"

"在进德会。"张富贵道。

进德会是当时济南最大的一个游乐场所，又是高官们进行政治活动的地方。

韩复榘两眼一瞪："凶手抓住了吗？"

"没，没有，"张富贵说："不过，有人看见是两个穿灰布衫的人!”

韩复榘左手托着尖下巴，在房内踱了几步，猛然在桌上击了一拳，命令道：“立即把进德会大门关闭，所有人不得再出入；马上派省府卫队去进行严密搜查；同时把当时的情况弄清楚，及时向我报告!”说完穿上大衣，带了随从副官和卫士们回省府去了。

自然，一场牌战也只好停下，那些委员、高参怀着种种疑虑各自回府。

再说进德会，这里有电影院、京剧院、地方剧院、杂耍场、花园、茶室，游人如云，热闹非凡。韩复榘一声令下，身背大刀，手持快枪的省府卫队如虎似狼地冲了进来把守了各道关口，整个欢腾的进德会，顿时成了鬼哭狼嚎的活狱。各个戏院停演，杂技焰火收场，几万游人拥在大门口听从卫队的搜查。

先是把一些妇女小孩放出去；再是把穿制服有徽章的公务员放行；再放一般的居民和商人。扰攘到了下半夜，抓了几个穿灰布大褂的倒霉蛋，才算结束了这场搜索。可第二天一审问，这几个人都是有名有姓，有确切职业的店铺伙计，那几家店东也都纷纷来保，又无任何凭据，也只得取保释放。

韩复榘见抓不到凶手，大发雷霆。一个堂堂的省党部书记长，在省府所在地被杀，怎么向南京交待?

更何况，他还有自己说不出来的隐痛。

第二天下午，张苇村被杀经过的调查报告送上来了，材料主要是同时被伤但未丧命的张苇村的卫兵提供的。韩复榘看着看着脸上有了笑容，一个破案的方案在他腹中形成了。

原来，这一天，省府公务员的提灯会轮到张苇村带队。集合地点在城内皇亭。春节期间，家家户户都有些应酬，公务员们吃过晚饭，提着灯赶到皇亭比较晚了。张苇村去得较早，见队伍总集合不起来，很是恼火，当场对迟到的人大发脾气，指责他们不守纪律。兴匆匆赶来提灯的人被骂得个个垂头丧气。7 点钟提灯会出发，沿着西大街、普利门大街、筐市大街、二大马路、纬二路走了一圈。因为开始触了霉头，大家情绪不高，走得很快，都想尽早结束这场无趣的把戏，所以 8 点钟就到了进德会。提灯会的队伍在电影院门口就解散了。大家各自去看电影、看戏、看杂耍去了。

张苇村对这些都不感兴趣，想回家去搓麻将。这时，他突然眼睛一亮，只见一位身穿豹皮大衣，烫了长波浪秀发，足登高跟皮鞋的妙龄女郎从他身边闪过，还向他回眸一笑，两个深深的酒窝和一副洁白的皓齿，使他浑身都酥了。张苇村是个有名的贪财好色之徒，遇此良机如何肯轻易放过？豹皮女郎向他一笑之后，就径自向东南方向走去。张苇村就紧紧地跟在她后面，他的卫兵只好自认倒霉跟在他的后面。

那豹皮女郎象条鱼似地在人群中游来游去，张苇村也紧跟不放，在人群中挤来挤去。女郎慢慢地离开了人多喧闹的地方，进入了柏树墙甬道，由北而南，往东南角的古玩店走去。跟在后面的张苇村这时四顾无人，只有自己的卫兵跟在后面，就没有顾忌了，加快了步伐，想上去和那女郎攀谈。他刚刚靠近女郎身旁，在柏树墙东面突然跳出来两个身穿灰布大褂的人，都拿着左轮枪向他逼来。跟在后面的卫兵刚想拔枪，“砰！”一个高个子的长衫客举手一枪就将卫兵打倒了。另一个稍矮一点的人举枪就向张苇村射击。张苇村见势不妙，纵身想跨过柏树墙向西边人多的地方逃命。但是，说时迟，那时快，一声枪响，一颗子弹早已命中，张苇村倒在孔雀亭的西南附近的墙脚下。那两人还赶过来又补了一枪，走到他身旁验明张苇村确已死去，然后才从容地向进德会大门方向扬长而去。那位身穿豹皮大衣的女郎也神秘地不知去向了。

当时，鞭炮放得震天响，三声枪声并未引起人们的注意。不过，张的卫兵并未被打死，他目睹了这幕活剧，咬咬牙，在上衣上撕下了一块布，包扎了自己的伤口，在地上爬了半个多小时，才爬到了进德会军警分驻所，报告了这场事故的经过。

那么，刺张的凶手究竟是谁呢？一时，社会上论论纷纷。但韩复榘心里有一本帐，他决定亲自来抓这个案件的审理。

他先找了那卫兵详细地审问了一次。又秘密地找省党部行动队副队长和几个队员询问了几次。在张被刺的第三天，突然下令，逮捕国民党山东省党部行动队队长谌俊臣。前去逮捕的省府执法队，几乎没有遭到反抗，就把这个中统骨干分子抓了起来。

当晚，韩复榘就坐堂审问。12 个彪形大汉站立两旁，各种刑具都摆在大堂上。平日里作威作福的谌俊臣如今蜷缩地跪在地上。

“你们是怎么杀张书记长的？谁主使你干的？”韩复榘瞪大虎目，威严地问道。

“冤枉呀！主席！”谌俊臣哭丧着脸，大声叫屈，“他是党部书记长，我们怎么会杀他呢！”

“你们为什么杀他，你自己心里明白！”韩复榘冷冷一笑，“我只问你怎样杀的，主使人是谁？”

谌俊臣还是大叫冤枉。

韩复榘用眼向张富贵一瞟，张富贵拿出一个包裹来，扔下堂去。韩复榘大喝一声：“你自己看！”

谌俊臣抖抖索索地去解开那包裹，只见里面是一件豹皮大衣。他一见这大衣眼直愣愣地瞪着，一句话也说不出来了。

这件豹皮大衣，怎么会到了韩复榘的手里呢?

原来第2天对进德会进行了一次全面搜查。在柏树墙的西南角发现了这件大衣。可见是引诱张苇村的那个女郎已“金蝉脱壳”弃衣脱身了。传说中，往往把韩复榘说得是个鲁莽的草包，其实，他是很有心计的。他立即派人在全济南的皮货店作了调查，查到了这件豹皮大衣是“乾泰恒”卖出来的。他立即密审了“乾泰恒”的老板，那老板起初还不敢说实话。后来，韩复榘恩威并施，桌上放了100块大洋和1支枪，说道：“你说实话，拿了100大洋走路，我一定替你保密；你要不说实话，就一枪崩了你!”那老板只得据实报告，那个豹皮大衣是省党部行动队一个兄弟来买的。……

“你还有什么说的!”韩复榘一拍桌子，怒火冲天地问道。

谌俊臣起初是吓呆了，但他毕竟是阅历很深的，心想那个去买豹皮大衣的队员，在当天，就命他到南京去了。更何况天下豹皮大衣何止一件，他就一口咬定“不知道!”

“上刑!”韩复榘怒不可遏地喊。

上老虎凳，灌辣子水，插竹签……谌俊臣实在有点受不住。他想招，但一个严厉的声音在耳边吼叫着："你若说了出来，也是没命!"他又咬住了牙关，幻想着：他的上级知道了一定会来救他的。

3个月过去了，刺张一案还未了结。

确实的，中央党部曾过问过此事，要保谌俊臣出来。但是，韩复榘就是不放，而且他的理由十分堂皇：堂堂一个国民党省党部书记长被刺身亡怎么可以马虎了事；嫌疑犯如何可轻易放出。何况，人在韩的执法队手里，谁敢怎么样?!

有一天，又开审了，照例又是僵局。

韩复榘实在气得忍无可忍了。"唰"的一下，他从腰间拔出手枪来，将子弹推上了膛，走下公案，将枪口对准谌俊臣胸口吼叫道："你到底说不说!?"谌俊臣眼里闪过了一丝恐惧的目光，头微微地低了下去。但他很快地清醒过来，如果说了，也难免被"组织"制裁，倒不如硬到底，也许还有一丝希望。他又把头一摇："不知道!"

韩复榘象头暴怒的狮子似的，对着站在两旁的执法队大吼一声："拉下去打！打死他!"

谌俊臣就在执法队的军棍下，被活活地打死了。

不久，刺张内幕披露：张苇村确实是被谌俊臣策划组织人暗杀的。

一个国民党省党部的行动队长，为什么要去暗杀一个国民党省党部的书记长呢？

原先张苇村是CC系统的一员干将。1933年，CC

急兄仇张飞遇害

系为了将势力扩充到山东，陈果夫就将张苇村推荐给韩复榘，当上了省党部执行委员。这时韩表面上虽服从中央，但骨子里却事事闹独立，尤其怕中央势力渗入山东。这次张苇村到山东，临行前陈果夫曾找他密谈：要他此行表面上是协调中央与地方的关系，实际上是监视韩复榘，并要将韩的一举一动及时汇报。而韩复榘对CC头子的用心并不是一无所知。他事先已对张的为人作了一番调查，知道张只是个爱财喜色之徒，并不难对付。

于是，张苇村一到济南，韩复榘就盛宴款待，而且还委任为省府委员的重任。以后，他又按月送上巨额津贴，一味在“财”与“色”上，逞其所欲。从此，张苇村就投入了韩复榘的怀抱。他非但不将韩复榘的真实情况向CC汇报，反而把CC及蒋介石对韩的种种意图，统统告诉韩。张为韩用，他不但不再是“中央”派往山东的耳目，反而成了山东韩复榘在“中央”的耳目了。

“没有不透风的墙”。陈果夫已得密报，张苇村确已投韩。他把张苇村召回南京，大加痛斥，但又为了韩的面子，不至使山东分裂出去，仍叫张苇村返回山东。但在临行时，他把张叫到小书房，阴沉地对张说：“你的事，是叛党行为，中央本来有权随时处置你的！这次给你个‘戴罪立功’的机会，你回山东后，好自为之吧！”

张苇村战战兢兢地擦着汗，退出了小书房。

不久，另一个人蹑手蹑脚地走进了小书房，他就是山东省党部行动队队长谌俊臣。他是受了陈果夫密电召来的。

“今后，你要注意张书记长的行动！”陈果夫吩咐道。

“是！”谌俊臣头点得象鸡啄米。他俩之间本来就有矛盾，如今见主子这样吩咐，心里有着一种莫名的快意。

“要将他的一举一动用密电报来！”陈果夫将象牙烟嘴上的三炮台香烟烟灰弹了一弹。

“是！”谌俊臣又忙点头道。

陈果夫抹了一下眼镜镜框，从牙缝里又挤出了一句话“到了必要的时候，你可以对他严加处置！到时，你会有好处的！”

“谢谢部长的栽培！”谌俊臣感恩戴德地道。

张苇村一回济南，立即将这次南京之行的情况向韩复榘作了汇报。韩复榘听了，发出了会心的笑，他拍拍张苇村的肩膀，大大咧咧地道：“我为你作主，你不要怕他们！”

“谢谢主席！”张苇村恭敬地鞠了个躬。

而这一切，马上被谌俊臣知道了。立即用密电向陈果夫报告。陈指示他“密切观察，及时报告”。

张苇村回济南得到了韩复榘的保证后，更加死心塌地的投靠韩了。对于“中央”的指示阳奉阴违；对韩复榘的指示，奉若圣明。谌俊臣一次又一次地密报。他极希望早日除掉这个死对头，以便自己好取而代之。

不久，陈果夫的密电来了，命令谌俊臣除掉张苇村。但电文中又命令：要暗除，不能使韩知道，如果事泄也不能暴露，否则将以“组织制裁”！

谌俊臣通过了半年多的调查研究，一个谋杀张苇村的行动计划策划好了。他抓住了春节提灯会这个良好时机，又选在一个万人游览的进德会。他又从广东重金聘来了两个枪法高明的刺客，再由南京选派了一位美貌女郎来作诱饵。定名为：“神秘女郎的行动”。果然，张苇村这个色鬼入港成了黄泉之鬼；而制定这计划的谌俊臣非但没有得利，而且也成了棍下之鬼。

洪述祖献妹升官

洪述祖，字荫芝。早年家境贫寒，靠一位亲戚的介绍，投身到天津某洋行写字间，作练习生。

洪述祖天资聪慧，一经练习，便技艺过人，洋行的大班，爱他聪明伶俐，就升他为跑街。恰好袁世凯奉清帝旨意，到小站督练新军，需办大批军装，洪述祖就设法运动，愿承办军装。经洪述祖多方活动，袁世凯批准，洪尽心尽力，所办物品，均令袁世凯十分满意，以后凡购置物品，均令洪述祖去办。

洪述祖攀上袁世凯这个高枝后，想方设法讨袁世凯的高兴，曲意承颜，无微不至。

袁世凯看洪述祖是个会办事的人，就提拔他襄办军务。

洪述祖一得志，不免自傲起来，因发军饷，惹怒了某标统。这位标统是袁世凯的至亲，他上袁世凯处告了一状，袁欲将洪撤职。

洪述祖得到消息，魂儿都要出来了，好容易得来的官职，怎么能丢了去，想来想去，终于想出一个办法。洪的胞妹，有几分姿色。洪知袁世凯好色，就将胞妹打扮一番，送入袁宅，说是让他服侍袁大人。

袁世凯本是好色之徒，见了这个粉妆玉琢的美人儿，垂涎欲滴，一宵枕席风光，占得人间乐趣。

是时，洪女年方十九，秀外慧中，善眉目传情，一张樱桃小口，尤能粲吐莲花，每出一语，无不令人解颐。袁世凯有时盛怒，但经洪女数言，当时破颜为笑，因此洪女深得老袁欢心，擅房专宠。

袁世凯的诸妾，以入门先后为次序，洪女排在第六，本应称她为六姨，袁世凯令婢仆，不准称六姨太，只准称洪姨太。

由于有了受袁宠爱的妹妹，洪述祖不但没有被撤职，反而讨得了袁世凯的欢心，官职一升再升。

这位洪姨太，不只受宠，还工于心计。刚来时，婢仆有戏她为“红姨太”，洪姨太就将此事告知袁世凯，袁世凯大怒，借由要将婢仆赶出走，洪姨又出来劝解，将婢仆们留住，婢仆们等转怨为德，易戏为敬。

洪姨太在袁世凯面前，说一不二，连袁世凯的儿子袁克定有事都要找洪姨太，让洪姨太在枕边给袁世凯进言。

袁克定是帝制的积极支持者，为了使袁世凯下定决心，袁克定就找洪姨太向袁世凯进言。

一日，袁克定面见洪姨太，亲口说："母知我父将为皇帝么?" （袁本不应呼洪为母，现呼母，表示尊敬。）

洪姨太连忙起身说："公子如何呼妾为母，妾是何人，敢当此称?"

袁克定说："我父为帝，我当继承大统，将来当以母后事姨，何妨预称为母。"

洪姨太说："妾为君家一姬人，已属如天之福，何敢再作非份之想? 公子此言，恐反折妾的寿数，妾那里承当得起?"

袁克定又说："我若能得志，决不食言。"说在此，即向洪姨跪下，行叩首礼。洪姨太连忙跪答，礼毕皆起。

袁克定趁机说："我父素性多疑，若非从旁怂恿，尚未肯决行帝制，还请母为臂助，方得成功。"

洪姨道："这事不应操切，既承公子嘱委，当相机进言，徐图报命。”

袁克定大喜，又连呼几声母娘，方才退出。

洪姨太喜出望外，默默的想了一番，打定主意，以便说动老袁，每等袁世凯下班回来，都与其谈历史，袁世凯笑道：“你不要做女博士，研究什么史料？”

洪姨太装着一副媚态，低声语袁道：“妾有所疑，故需研究。”

老袁道：“疑什么？”

洪姨道：“汉高祖、明太祖，不是起自布衣么？”

“是的。”

“他两人起自布衣，犹得一跃为帝，似老爷勋望崇隆，权势无比，何不为子孙计，乃甘作一国公仆，任他举废么？”

老袁闻言，不由心中一动，便道：“我岂不作此想？但时机未至，不便骤行。”

“胜会难逢，流光易逝，老爷年近六十，尚欲有待，究竟待到何时？”

袁默然不答，只以一笑相还。

从以上可见洪姨太的受宠程度。

黄浚误中美人计

1937年“七·七”卢沟桥事变后，蒋介石在南京行政院召开绝密的最高国防会议，签署绝密令：立即封锁江阴至汉口段长江水域，先行歼灭在上海的日本海军陆战队，拦截和猎取泊于江阴以上长江各口岸的全部日军军舰和商船。但是，一夜之间，日军在上述水域内的七十余艘战舰和三千多名官兵全部撤走。

蒋介石气急败坏：泄密！有日本间谍潜伏在高级军政长官身边。

几乎与此同时，蒋介石准备出席南京中央军校的一次会议，日特企图潜入会场，幸被门卫发现，仓皇逃走。又过了几天，蒋介石准备乘英国大使冠尔专车前往上海视察，因故未能成行，但冠尔开车离开南京即遭日本飞机轰炸扫射，身负重伤，

蒋介石暴跳如雷。

戴笠日夜不停地行动起来，他发现汪精卫的主任秘书黄浚经常出入国民党军政要员光临的汤山招待所，与一个叫廖雅权的女招待勾勾搭搭。再一查廖雅权——她的真实姓名叫做南造云子，是潜伏南京多年的日本间谍。

戴笠很快查清了黄浚与日本间谍传递情报的方法：（一）黄浚每天到玄武湖公园散步，把情报放入公园内的一个树洞内；（二）紧急重大情报送到新街口一家外国人开的咖啡店中。

戴笠火速把黄浚及其儿子逮捕归案，铁案如山。黄浚父子供认不讳，两人即刻被处以极刑。

黄浚出卖的情报给中国人民造成的损失是无可估量的。淞沪大战——日本因窃取到吴淞口要塞的炮位分布图，用大口径火炮将我军几十门远程大炮一一摧毁，我方全体官兵无一生还。

日方逃生的七十余艘战舰和三千多官兵卷土重来，给中国的地面部队以重创，中方的旅团长级军官伤亡达一半，官兵伤亡约有十万余人。

戴笠在捕捉黄浚父子时，先行将南造云子捉获，但南造云子竟用巨金买通一名狱卒逃出了戒备森严的南京老虎桥监狱。南造云子狂妄至极，只潜藏了一年就又出现在上海。一天，南造云子驱车行驶到百乐门咖啡厅附近，她停下车，推开车门——一连三颗子弹射入她的身体——地狱的门为她敞开了。

夫差亡国遗恨多

雪弟恨先主兴兵

春秋时期，在我国江苏、安徽、浙江一带有两个诸侯国，一个是吴国，一个是越国，他们原本是两个和睦相处的邻国，但在晋楚两个大国的挑唆利用下，结成怨仇，互攻不休。

公元前499年，吴王夫差亲自率领倾国兵卒进攻越国。越王勾践出师迎敌，大战于夫椒。吴王亲临阵前击鼓，激励士气，大败越王勾践。勾践带领5000残兵退守会稽山，权衡形势，深知大势已去，无法挽回，为了保存国家，便派大夫文种通过吴国太宰伯嚭向吴王求和。在伯嚭的激烈鼓动劝说下，吴王夫差不顾相国伍子胥的坚决反对，同意越王的请和，并将越国收为属国，叫勾践夫妇到吴王宫中服劳役。

勾践夫妇带着大夫范蠡来到吴国都城，白天为夫差驾车、养马，晚上睡在石屋之中。勾践夫妇和范蠡在吴国3年，侍吴王夫差恭敬如奉父母，由于感动了夫差。把他们放回了越国。勾践夫妇回到越国，时刻想着复仇。为了磨炼自己的复仇意志，不忘亡国之痛受辱之恨，勾践每日卧薪尝胆，发奋图强，努力振兴国家。大夫文种是勾践的亲信，勾践问他有何办法能灭吴，文种说："高飞之鸟，死于美食；深泉之鱼，死于芳饵。如果你要雪耻，必先迎合吴王夫差的爱好，要设法让夫差只知贪求享受，斗志衰退，不理朝政；要想法使吴国内部分崩离析；还要时刻掌握他们的动向，了解他们的内情，同时，举国上下，同仇敌忾，秣马厉兵，然后才能置其于死地。"越王勾践采纳了文种的计策，一方面大力发展自己国家的经济，日夜操练士卒，另一方面，不断给吴国送去丝布、狐皮、良材等贵重物品，麻痹吴国众臣，让吴国失去对越国的警惕性，同时，勾践在全国范围内挑选美女，准备将美女献给吴王。

大夫范蠡接受了为吴王选美的任务，找遍全国，从众多美女中选得浙江诸暨县美女西施。带她进宫见越王，勾践泪流满面地向她讲述复仇兴国的宏愿，要她去迷惑吴王，扰乱朝纲，去除异己。西施原以为越王选美进贡，是为了甘心为奴，忘了国耻，听了勾践一席发自肺腑的真言，愤懑凄怆的心情渐渐地被一种崇高的责任感代替，她严肃地对勾践说："为雪国耻，振家业、安民心，浣纱女虽死无憾！"随后，她与另一美女郑旦，认真学习宫廷礼仪、演练歌舞，经过3年的光阴，已成为能歌善舞的宫女。随后由范蠡护送，远离家乡，来到吴国。夫差一见西施、郑旦，顿时魂销骨酥，为她们绝世的美艳所倾倒，他认为这是勾践对他的忠心，心里非常感谢勾践。从此，他终日沉溺于酒色歌舞之中。西施的舞姿袅娜多姿，又比郑旦更妩妍善媚，使夫差神魂颠倒，带着西施以姑苏台为家，每天游乐，流连忘返，为讨西施的欢心，夫差在灵岩山上为她修建了一座非常漂亮而豪华的宫殿，作为西施游乐后休息的场所。炎热夏季，夫差与西施相携到太湖西洞庭山的南湾避暑，同乘龙舟，畅游湖中。自从有了西施，吴王夫差心满意足，每日只想着如何玩得尽兴，根本不理朝中大事。

吴国朝廷中有个叫伍子胥的老相国，文武双全，